激闘ラバウル防空隊

雲流る・元陸軍中尉の回想

斎藤睦馬

元就出版社

ラバウル官邸山の防空隊司令部将校（昭和18年 8 月 1 日）。前列左から川口少尉，伊藤大尉，河合大佐，伊藤少尉，後列左から吉田，斎藤，佐藤各見習士官。（うち川口，伊藤少尉戦死，吉田重傷）。

第19野戦防空隊司令部下士官。前列左から畑中軍曹，小原軍曹，金曹長，天満軍曹，後列左から田口伍長，佐藤軍曹，本明軍曹。

千葉陸軍防空学校第一区隊候補生。３列目右より２人目が著者。

千葉陸軍防空学校。火砲の左２人目が著者。

激闘　ラバウル防空隊——目次

第一部　生い立ちの記

第二部　ソ満国境

第三部　赤道を越えて

第四部　南海の要衝ラバウル

第五部　連合軍の大反攻

第六部　防空隊の激闘

第七部　基地、敵中に孤立

激闘　ラバウル防空隊

——雲流る・元陸軍中尉の回想

写真提供／著者・雑誌「丸」編集部

第一部　生い立ちの記

（1）幼時の思い出

生まれたのは朝鮮の仁川で、大正七年の一月である。父親はその頃、朝鮮総督府に勤務していた。右眉の中に黒々と大きな黒子《ほくろ》が出ていたそうである。母親が易者のところへ連れて行ったら、「水難の相」があるとの見立てであったそうな。生まれて半年ほどで、両親とともに郷里の新潟県へ戻ってきたが、それかあらぬか、まず最初の水難に見舞われることになった。

郷里は佐渡が島を向かいに見る西蒲原郡の海岸の村落で、村はずれは弥彦山系の角田山から海へ流れ込んだ溶岩の荒磯となり、春先には光沢のある黒々とした岩海苔《のり》が密生する。天然物だけに味がよい。

まだ若かった私の母も、ある日乳呑み子だった私を背負って、村の女たちがやるように磯に海苔を採りに出かけた。

春先の風は冷たく、海草のまつわる海の岩々はすべりやすい。海苔に気をとられて無理に手を伸ばした途端に、アッという間もなく海に落ち込んだ。

すぐ下に岩が見えていながら、どういうわけか足がとどかない。明治の女のことゆえ水泳などの心得はなく、数回もがくうちに奇跡的に岩に手がふれ、それを力に辛うじて這いあがった。

赤子は胸元まで水に漬ったが、まだスヤスヤ眠っていたそうである。頭の手拭いで母子の体をふき、寒さに震えながら着物が半乾きになるのを待って家へ戻ってきたが、家の者には何も知らせなかったという。

二度目は三歳頃にやってきた。母屋の雨垂れ落ちに、凝灰岩をくり抜いた水鉢が据えてある。農作業から帰った人が草鞋《わらじ》をぬいで足を洗ったり、鎌を研いだりしていたが、向かいの農家の「おみせ」という仲のよい女の児と、そこで赤いブリキの金魚を浮かべて遊んでいるうちに、頭でっかちのせいか逆さに落ちてしまった。

おみせがポカンとして、それから座敷で縫物をしていた私の母に知らせに行ったが、幼児だから何を言っているのかよく分からない。母が怪しんで外に出てびっくり仰天、バタバタさせている足を摑んで引き上げ、水を吐かせたが、顔はすでに暗紫色に変わり、すんでのことであの世ゆき。成長してからこの水鉢を見たら、大人の膝にも達しないシロモノで、馬鹿々々しいったらありゃしない。鉢は砕けて今はあと方も無い。

（2）青年期の受難

父は明治の末に東京深川の高等商船学校を出て、総督府をやめて船会社に入り、その勤務のつごうで一家は関西に移転した。私は神戸の小学校を出、中・高校は大阪で、その頃から柔道に親しみ、身体は大きくはないが粘りのある技で、何回となく対校試合にも出場した。当時の柔道部の猛練習は、現代の若者には想像もつくまい。

旧制高校三年夏のインターハイ出場を最後に選手を引退したものの、目前に大学受験が迫っている。先輩からは、練習を急にやめると肋膜炎を起こすとの忠告は受けていたが、東大を突破したいという念願もあって猛勉を続けるうちに、年末から微熱《びねつ》を発して体調がおかしくなり、次第に悪化して、翌年二月の高校卒業試験の最中に高熱を出して倒れてしまった。高校は平常点で何とか卒業させて貰《もら》い、一ヵ月病床に臥して、まだろくに歩けもしないのに父母の反対を押し切って寝台車で上京、大学受験はしたものの見事に落第。落胆もあって完全に伸びてしまった。

重症の湿性肋膜炎となり、肋膜に大量の水がたまり（これも水難の相と言うべきか）、動きがとれなくなって池袋の病院へ担ぎこまれ、緊急に肋膜から一・三リットルくらいの水を抜く手術を受けた晩から危篤状態となった。三日間くらいは呼べど答えぬ無反応状態になって、臨終が近いから親類縁者を呼べという騒ぎ。

頭の病気ではないから脳は明晰で、周りで喋《しゃべ》っている言葉はよく分かり、人の顔を覗《のぞ》き込んで「これは危ない！」などと勝手なことを言っているが、死にかかっている奴の前であまり変なことは言うべきではない。母と姉の昼夜兼行の必死の温湿布看護が二週間続き、ようやく息を吹き返したのは奇蹟というほかはなく、母は疲れ果てて同じ病院へ入院してしまった。

一家は東京へ移り、その年十月末まで私は郷里の家で療養し、翌年は幸いに大学法科に合格をした。その嬉しさのあまりか、その夏は山中湖畔の大学の寮に親友と出かけてヨットやスカールにうつつを抜かし、知らぬ顔をして新潟の実家へ戻ったら、俄然、胸の深部が痛みだした。耐えかねて新潟医大で診断を受けたところ、肋膜炎の痕が化膿して切開手術を要するという。「肋膜の病みあがりで、ボートを漕ぐ奴があるものか！」と親父にさんざん叱られたが、結局、その秋、肋骨二本の切断を含む大手術となった。

手術は東大の小石川分院で行なわれ、前日から準備室に入れられ、腹を干してほとんど絶食状態で待機していると、隣りの手術室から阿鼻叫喚の叫びが聞こえる。驚いて付き添いの看護婦に聞くと、気の毒そうに私の顔を見て、三十過ぎの男子が手術中とのこと。看護婦が若くて美人だったのがいけなかった。「なんだ、だらしがない！　俺なら悲鳴ひとつ挙げないでみせるぞ」と見栄をきったのが悪かった。

手術の当日は、当時の医学では全身麻酔は後がよくないとかで、局所麻酔によることとなり、患部を上にして手術台に全身を固縛され、左手には手錠がかかり、頭上の鉄棒を握った自由な右手は看護婦二人が押さえつけて始める荒療治。局所麻酔のため、時々メスが麻酔の利いていない箇所に切り込み、頭から足の先まで痺《しび》れあがる激痛。若干は呻《うめ》いたものの、脂汗を絞ってふんばり、遂に悲鳴を挙げない。

肋骨を切るのなどは枯木のようなものかと思ったら、骨髄の詰まった神経の固まりのようなもので、麻酔の針も入らない。これを鋸《のこぎり》や鑿《のみ》を使ってガリガリと切りにかかると、「痛い」などの生易しい言葉では間に合わず、戦車で胸全体を押し潰されるようで、「苦しい！」としか表現できない。

長い時間がかかり、医者は途中で休憩を宣して一服つけた。私も汗を拭ってもらい、大息をつきながら医者に話しかけた。

著者が戦地に持参した父母の写真

「先生、自分の手術の箇所を見ることはできませんか？」

医者は呆れてしばらく私の顔を見ていたが、「手術中にそんなことを言った患者はまだないナ。よろしい……」。看護婦に命じて待合室から外してきた鏡を、固縛されている私の上に掲げさせ、患部を開いて説明を始めた。全身を覆った白いシーツの手術部位だけが切り開かれて、周囲は一面の鮮血に濡れている。どてっ腹に風穴をあけたとはよく言ったもので、右胸部に縦二十センチ、幅十五センチくらいの楕円形の大穴が切り開かれ、血の海の中に白い肋骨が二本走っている。

医者は得意になって、メスやピンセットで「これが肋骨、これが肺で、胃袋は……」と、他人の内臓を容赦なく突つき廻し、もっとよく説明しようと、ゴム手袋の両手でグッと傷口を押し拡げたときは、さすがに頭から血の気が引いて危うく失神しかかった。「自分の胸の中を覗いた人間はまずいないでしょうネ……」と無理に豪傑笑いをしたら、肺が肋骨の内側で激しくジャンプしたので、もう一度失神しかかった。

大手術中、一度も声を挙げなかったと評判はとったものの（実際は泣き喚いた方が緊張が解けて体には良いらしい）、手術後一週間ほどで右下腹部に痛みが生じ、脱腸していることが判った。痩せ我慢が過ぎて腹のひもが切れてしまったらしい。年内に再度の手術は無理で、翌年また脱腸修理のための開腹手術。

看護婦が美人だったばかりに大損をしたことになるが、とにかく大学三年間の健康は惨憺たるもので、医者からは「あんたは徴兵にはとられない」と宣告されたが、昭和十六年三月に大学を出て第一銀行に就職するとともに、徴兵検査があり、なんと第一乙種で翌年の一月十日に一兵卒として現役入営を命ぜられ、ソ満国境へ送られることになった。陸軍では開戦を必至と見て、一人でも多くの若者をとりたかったのであろう。

（3）感激と情熱の時代

時代は少し遡《さかのぼ》るが、若き日の鮮烈な思い出はやはり旧制高校時代だろう。どうしてこのような、世界でもあまり例のない教育環境が生じたのかはよく分からぬが、人間形成にとってかえがたいものである。入ったのは昭和九年で、文科甲類であったが、哲学、倫理、論理、語学をはじめとして、文科の生徒に幾何学、数学、微分・積分までも教える高等一般教育である。

入学した途端に先輩どもから、「ここは勉強などするところではない！　高校は意気と感激と情熱だ！」とどしあげられる。私が入った柔道部はなかでも右翼的だから、弊衣破帽、煮しめたような手拭を腰に下げての放歌高吟。そのくせ内面はセンチメンタリズムに満ちており、明治の昔、「不可解」の一語を残して華厳の滝に跳び込んだ一高生がいたというが、夜中に寝床の上に起きあがって、生死とは、人世とは、宇宙とは何ぞや……と考えはじめる。

高僧の教える無我・無心の境地に我輩でも達しうるものかと、朝まで寝床に座って心頭を澄ましてみたが、凡悩は払い切れるものではなく、「生きているんだから、死なないかぎり、そんな極意に入れるわけがない。……熱いものは熱いし、痛いものは痛い……。つまりは耐えて痩せ我慢をしろということか！」と我なりに悟った気にもなる。

学校は阪急電鉄宝塚線の石橋という町から離れた丘陵地帯にあったが、夏の終わりには柔道部の合宿練習が行なわれる。一家心中があったとか、主人が首を吊ったとか、因縁つきの家を選んで借りたが（家賃がタダ同然であるから）、どういうものか三軒長屋の真ん中が多い。夜になると、大学生の先輩連が合宿の応援にやって来て、夕食後、真っ暗な首吊りのあった部屋にローソクをただ一本灯《とも》し、若輩をおどかす怪談が始まる。そこでまた考えた。「どうも俺は生来神経質で臆病だ……。恥ずかしくないだけの胆力を養わねば」と。

（4）墓場の怪

柔道部の合宿には門限などないから、夜の十時過ぎに思いたって一人、宿を出て高校のある丘陵地帯を上り、校舎を過ぎて林の道を奥へ奥へと進む。人家などはまったくない。宿を出たときは、この文明開化の世の中に幽霊などがあってたまるかと、自ら納得したつもりであったが、薄気味悪い林の中では葉のざわめきにも足がすくみ、胸の動悸が激しくなり、妖怪変化が現実のものとなってくる。

やがて前方に月の光に鈍く光る葦の生い茂った沼が二つ現われ、その先に黒いこんもりとした火葬場の森が見えてきた。沼の間の道からそこへのぼる切り通しの両側には、昔土葬にされた棺桶跡の穴がボコボコと口を開けているはずである。身体がどうにも進まなくなり、沼の手前に坐り込んだまま、シェークスピアではないが「行くべきか、行かざるべきか？」と、一時間あまりも悩んだ末、とうとう足が竦《すく》んで尻っぽを巻いて退却してしまつた。いや癪《しやく》に障《さわ》ったのなんのって、我ながら情けない！　こんどは死んでもやるぞと、なか一日おいた夜の十一時頃にふたたび決行した。先夜は墓場の正面から行って脅えてしまったので、今度は沼の右へ迂回し、森づたいに行けばひとりでに墓地に達することになる。

暗い森の細道を小走りに急ぐ。緊張で全身が熱く火照っている。森の中の小池の側をすり抜けようとした途端、足元から「グオーッ」と怪音があがった。いや驚いたの何のって……十メートル以上も素飛んで走って、動悸がおさまるのを待って考えたら、これはその頃、大阪の郊外一帯に自然に繁殖していた牛の大きな啼き声に似た食用蛙である。

「糞っ！」と、今度は本当に怒ってしまった。両手に朴歯の下駄を引っ摑み、裸足で森の奥を目がけて走りに走る。頭はカッカと逆上し、横合いから何かが飛び出したら、下駄で叩き殺したことであろう。走り込んだ墓地の奥に、上に甕《かめ》を冠せた古い木造の火葬用建物がある。その入口に体当たりし、重い木の扉を力まかせに引き開けて漆黒の闇の中にとび込んだとたん、もろに両足をさらわれて、頭から柔らかいものの中に倒れ込んだ。

何が起こったか自分でもわからず、両手を前に突っ込んだまましばらくじっとしていたが、ようやく、棺を焼く低い煉瓦の擁壁に足をとられて、薪で死人を焼いた灰の中にいることがわかった。深く突っ込んだ両手に、氷のように冷たい灰の感触が今でもまざまざとよみがえってくる。

そろそろと起き上がって、灰を払い、痛む両臑《すね》を撫でながら炉から出た。不思議なことに、あれほど逆上していた頭の血がスーッと引いてきわめて冷静。鼻を摘《つ》まれても分からぬ堂内の闇の中で、手探りで火葬炉の廻りを一周してから堂の外に出た。

木の下闇に月光に照らされた白い墓石が多数に浮き上がってみえる。本当に恐くはないのかと……、今度は苔むした墓石の上の苔を指で剝ぎながら、月の光で徳川時代からの年代を調べてみる。万一、他人が見たら狂人だと思っただろう。帰りは沼の道の方へと進み、棺桶の穴のひとつひとつに丁寧に挨拶して、その壁を手で叩いた。

(5) 疑心暗鬼を生ず

この心理状態がどういうことだか、いまだによくわからない。では非常に大胆になったのかというと、そうでもなく、恐いものはやっぱり恐い。その翌晩あたりから二、三ヵ所の墓場廻りをやった。暗夜に山の上の稲荷様の祠《ほこら》にも行った。木の下闇の古いお堂で、暗い四角な格子戸の間から、細い手が出て、「おいで、おいで……」と招いているようで、足が進まなくなる。

結局、「俺はあの焼場の灰までかぶったじゃないか……」と自らを叱咤し、過去の経験を枷《かせ》にして、格子戸へ突進して逆に手を格子戸の中に突っ込む……。中に何もいるわけは……

ない？　つまり、「幽霊はいるわけがないから恐くない」では、つくり物の幽霊でも肝が潰れる。「いても恐くない。女の幽霊だったら、こっちから抱きついてやる」で、はじめて達観したというべきか。

その帰り道で、夜中の十二時を過ぎていたろう。山の道の木の間隠れに向こうから提灯が一つふらふらと近づいてくる。お狐様か何かなら見てやろうかと木の陰で待っていたら、四十過ぎの男がひとり、この夜中に何用か峠を越えるつもりらしい。こちらは当てが外れたので木の陰から出て、「今晩は……」と声をかけたら、男は「げっ」と言ったなり、道端に座ってしまった。腰が抜けたのかもしれない。「疑心暗鬼を生ず」とはまさにこのことである。「お晩でございます」と言いながら通り抜けたが、気の毒なことをしてしまった。

第二部　ソ満国境

(6)　ソ満国境に立って

昭和十七年の春なお浅く、荒漠たるソ満国境の丘の上で川を挟んだ対岸のソ連軍陣地の動きを監視しながら、銃を腕に歩哨勤務についていた。二等兵である。川岸に沿って歩兵部隊の塹壕があり、二～三キロ下って野砲陣地、その後にそれらを対空援護するための我々の高射砲陣地がある。極度に乾燥した澄明な大気の大陸では、数十キロ先までも見とおせる。枯草を吹く寒風が身にしみわたり、時々、強く足踏みをしなければ体がもたない。

それにしても、ここは春を忘れた土地であるのか、内地では桜も終わるというのに、四月末になり五月に入っても、茶褐色の石ころ山からは草ひとつ芽吹かず、陣地構築で三十センチも掘り下げると、下は岩のような凍土で十字鍬《じゅうじしゅう》が跳ねかえってくる。ここから見えるソ連軍の堡塁の背後に沿海州の大平野があり、その先は日本海でわが故郷があるかと思うと、腸を噛むような望郷の念にかられる。往古、関東や東北の壮丁が防人《さきもり》として遙か西海の守備に送られ、妻子への思いに焦がれた万葉の歌が思い出される。

この年の一月十日に、私は現役兵として東京村山の連隊に入営を命ぜられ、三ヵ月の一期訓練を受けて、呉から米潜水艦の出没する玄界灘を渡り、ソ満国境の独立野戦高射砲第五十大隊に配属された。

この一帯は満州東部国境の東寧・東安正面としてソ連のウラジオ要塞への最短距離にあたり、一朝有事の際には日本軍は一挙にウラジオを衝く作戦で、当方の防禦陣地が少ない割には、国境ぞいの山や丘の背後に膨大な軍需物資が集積されていた。当時の内地の物資不足の原因も、これを見れば一目瞭然である。

高射砲13連隊入隊。二等兵

中隊の将校の話では、我が隊の所属する歩兵師団は開戦と同時に前面の敵陣地に突入する予定であり、約半数を失うであろうが、それによる突破口を通って後続師団がウオロシロフ経由でシベリア鉄道を切断し、ウラジオへ進出するという。

しかし、中隊の大型の対空双

眼鏡で眺めると、綿密に偽装はしているが、我々の前面だけで百を越える砲眼や銃眼のトーチカ陣地が見える。日露戦争などの経験でもわかるとおり、ロシア軍の防御線の頑強さは世界でも有名であり、蜂の巣のような複廓陣地を構成し、二線や三線を破っても陥落はしない。「とんだところに来てしまった……」と思っても、いかんともしがたい。

(7) 荒野の天国と地獄

五月も末に凍土を破って初めて迎春花《インチユンホワ》の花が咲く。花梗《かこう》がまず伸び、桃色の蕊《ずい》に紫色の可憐な花で、ようやくに春の訪れかと頬ずりしたくなる。

満州の春は短く、冬から夏へと一息にうつり、樹木一つない荒涼たる荒地に鈴蘭の白い花が野山を覆いつくし、兵隊は香りにむせながら花に埋もれて演習をする。続いて芍薬《しゃくやく》、アヤメ、桔梗《ききょう》、百合、萩と短い夏とともに見渡す限りに咲き乱れ、野や山の色が変わってゆき、朔北《さくほく》の秘境における天国というべきか。

しかし、国境線は決して安穏ではない。両軍ともに一触即発の態勢で、夜間もソ連側から我が陣地に変動はないかと、しばしばサーチライトの照射があり、また我が方の頭上に時々、照明弾が打ち上げられて、あたりが真昼のように明るくなり、寝ぼけた歩哨を仰天させる。

偵察のためのソ連機の越境が頻発し、高々度で満州領土に入って、帰路は超低空で国境線の日本軍陣地を擦過するように写真を撮っていく。そのたびに我々高射砲兵は火砲にとびつくが、国境まで三十秒で逃げ切るので捉《とら》えることができない。

ソ連側でも烈しい演習が行なわれていることが相手の車の夜の前哨灯の動きなどでよく分かるが、ある夜、私が陣地前で歩哨に立っているときに、いきなりソ連側から轟然たる爆音とともに頭上を飛び越えて近くの満州領内に不時着したソ連機があり、驚かされた。

後で聞いたところでは、ソ連機が夜間飛行訓練中に、かねて軍隊内で不満が鬱積していた操縦士が側の同乗者に満州への越境を強要し、相手が応じないので拳銃で射殺し、不時着したものとわかった。ソ連軍内も我が方も似たようなものであるかもしれない。ただ我が方の幹部としては、ソ連空軍の内部を知るにはもってこいの捕虜を得たわけで、どのようにしてでも実状を吐かせたことであろう。

ソ連側から放たれた満人スパイの潜入も多く、夜間睡眠中に部隊に非常呼集がかかり、怪しいもの（鹿の場合もある）が陣内に進入との歩哨の通報で、全員による山狩りも再三あった。前年に近くの日本軍火薬庫が爆破された事故があり、中隊陣地付近にもその断片などが散乱していて、スパイにやられた可能性が強い。

暗闇の中で音を立てないように武装を整えて、包囲体系をとって剣付き鉄砲で身を没する叢や穴の中を突つき廻すが、敵は火器を持っている可能性があると言われ、不意に撃たれてはたまらぬとあまり良い気持ちがしない。もっと銃剣術に身を入れておくべきだったと、今さら後悔する。

敵を目前にして毎日の訓練は猛烈をきわめ、ソ連軍との実戦に備えて高射砲は対空射撃が

二、対戦車射撃が一の割合であり、夜間や早朝を利用しての迅速な陣地変換や、火砲を牽引車で牽《ひ》いての野砲並みの行動力のある機動訓練もしばしば行なわれる。戦時編成では六門の砲数を有する中隊が、中隊長の乗る四輪駆動の「くろがね」を先頭に弾薬、糧秣車まで一個中隊二十四、五輌を連ねて、砂塵を挙げながら荒漠たる北満の荒野を走るのはけだし壮観であるが、これではソ連機にすぐ発見されてしまうであろうと気掛かりでもある。

四月、五月といっても、朔北の寒気はことのほか厳しく、兵舎内の水仕事や古参兵の衣類の手の凍るような洗濯に荒れ果てた兵隊の掌からは、冷たい火砲の機器を手袋もなく激しく操作するたびにヒビ割れから血が滴《したた》り、火砲の鉄の上に点々と散っている。

砲兵が敵軍に包囲された場合の最後には、砲を自ら破壊して歩兵戦闘となり、小銃と火炎瓶を体側に引きつけて地物を利用する匍匐《ほふく》前進の繰り返し。這うために満州にきたのかとまで思われ、次には早駆けに次ぐ早駆けの後に、「付け剣。突撃に前えー、突っ込めー！」の号令と共に、「うーわー！」と大喚声を挙げ、塹壕を躍り越えての敵陣突入。それも「貴様らっ！　気合いが足らぬっ！」と、何度となくビンタ混じりで反復され、息も絶え絶え、異常な乾燥地だけに、流れる汗がすぐ塩に変わって、頬に砂のようにこびりつく。

先年のノモンハン事変でも、ソ連戦車群に我が陣地を蹂躙《じゆうりん》されてさんざんの苦杯を喫した経験から、敵戦車に見たてたトラックが近づくと、数名の兵が一度に立って、対戦車地雷や火炎瓶を叩きつけ、地獄の戦場を這い廻る。

火炎瓶は、ノモンハン事変でソ連戦車の大群に囲まれた日本兵の苦肉の策によるもので、割れやすいウォッカやサイダー瓶にガソリンを入れ（瓶の表面に砂糖を挟んだ紙を貼り付けると、さらに発火力が強くなる）、ボロ布で栓をして、マッチで栓に火をつけ、固い物に叩きつけると発火して四畳半ほどに火炎が広がり、エンジンが灼熱している敵戦車が燃え上がる。その間に多数の日本兵が周囲の敵戦車に殺されるであろうが……。

現役兵たちの間には、対ソ戦を必至とみてか、前年に関東軍特別大演習の名目で再召集されたノモンハンの実戦参加の古参兵が適当に編入されて初年兵の指導にあたっていた。これらの多くは所帯持ちで、上等兵であっても髭など生やし、実戦経験者の先輩として下士官の班長（分隊長）でも一目置かざるを得ない。

夜などに二年兵や三年兵になお痛めつけられている我々を見て、「おう、班長殿。俺が初年兵に実戦の教育をしてやるから集めてくれんか……」と言われると、班長も断わることができない。我々初年兵にとっては古参兵のビンタをまぬかれて、救いの神様である。またその話も面白い。

「濛々とした原野のかなたに、敵戦車群が右前方にも左の方にも現われてきて、それらの弾が我々の陣地付近に次第に集中してくる。どうなることかと生きた心地もなかったが、蒼白な顔をして戦車群を睨んでいた中隊長が、遂に『中隊は陣地変換！　右へ牽引車掛け、撤去！』と大声をかけた。いや、その際の皆の作業の手早かったこと、荷物をあっという間に纏《まと》めて一目散に車に飛び乗ったよ。だから、今ここに生きていられるんだ……。」

それにしても、日本軍の戦闘法や兵器が、この時代になってもいまだにまことに原始的であったことを思い知らされた。

(8) 人間の条件とは

私を含む新兵四人が砲二門、人員三十名の小隊に配属されたが、当時の関東軍古参兵の新兵虐《いじ》めは天下に有名である。五味川純平氏の小説『人間の条件』に詳細に書かれたとおり、我々も少しの省略もなく体験させられた。終日の訓練が終わっても、新兵四人だけで古参兵の下着の洗濯、銃や靴の手入れ、弾薬運搬などの「使役出ろ!」では真っ先にとび出さねばならず、一日中五分の暇とてない。

六月の末頃には、ここにも梅雨があるのか雨が多くなる。使役に出されて岡の下のトラックから一箱五十キロもある砲弾(四発)箱を一箱ずつ肩に担がされて、深い赤土の泥に足を取られて、岡上の陣地までふらつきながら運ぶのはまったく死ぬ思いである。砲弾だけに、滑って箱を落としただけでも半殺しの目に遭わされる。

特に食事の際の「飯あげ、食缶返納」は、初年兵にとって恐怖の的となる。三年たっても上等兵にあがれない通称「三年兵のタンちゃん」(兵室の中にかならず痰壺《たんつぼ》が二つ並べてあることから、星二つの一等兵)がわんさといる炊事班で、さんざんに痛めつけられるからである。「理由があって殴られるなら有り難い!」とは初年兵の泣き言であるが、誇張でなく何十も殴られた。その他、枕カバーなどに汚れがあるから洗う水が欲しいという「金魚」、水を入れたバケツを水平に提げたまま立たされる「バケツ」や、ベッドからベッドへ腕立て伏せをする「鶯の谷渡り」、他班でビンタを貰ってくる「各班廻り申告など」、初年兵虐めは無数にある。

昔、北海道の炭鉱に「地獄部屋・監獄部屋」があったと聞くが、かくやと思うばかりである。南方の地域とは違って、この不毛の荒地の国境地帯では、穀物や果実などもなく、夏でも生き延びることができないのに辛さに耐えかねて新兵の逃亡が続出し、そのつど捜索隊が出されるが、どういうわけかほとんど見つからない。四十キロほど離れた東寧の街に二ヵ月に一度ほどの外出が許されたが、日本兵の誘拐が時々起こり、日本兵をソ連に引き渡した場合には大きな報奨金が出るとのことで、絶対に一人では歩かぬようにとの触れがでていた。

我ながら考えた。「この国境線にいる兵士にとって、現実に泥土を食い、泥水を飲んででも、ミミズのように自力のみで生きて行かねばならぬ。関東軍は世界最強と教えられたが、なるほどその強いわけがわかった！」と。知識階級の誇りも糞もあったものではない。誰の力も借りられず、自ら助けるしかない。

だが、このような体験のなかにも、不思議な現象が起きてくる。まず、三つや四つ殴られても、蚊が刺したほどにも感じなくなり、またかと思うだけである。殴られる方も上手になる。古参兵が殴ってきたなと思ったら、瞬間にくっと上半身を出すと、相手の拳が頬ではなく肩や首筋に掛かって、打撃が受けやすくなる。打撃の瞬間に後ろに身を引くと、「貴様、逃げるかっ！」といっそう激しくやられるだけだ。

水の不自由な土地柄、食後も湯茶は一切与えられず、最初、湯を探したら古参兵に怒鳴られた。「貴様ら、湯を飲む気だろうが大間違いだ！　飯の時の汁椀の汁を飲むだけで、一日持ちこたえられるんだ」。そんな……馬鹿なと思ったが、そのようになって行くから不思議である。体の中で水分を節約するらしい。用水としてたまに飯盒一杯の水が配給されると、それで下着や褌を洗い、その飯盒でまた飯を食う。この陣地にいた六ヵ月間に、顔を洗ったり、歯を磨いた記憶は一度もない。

作業中に誤って、左の親指を鋸で挽いてしまった。白い骨が見え、衛生兵に手当てしてもらいたいところだが、「ケガだと？　たるんでいるからだ……」とどやされるくらいがオチである。手持ちのメンソレを傷の中に練り込んで、掃除用の汚い布で縛って血を止め、作業を続けた。

二日後に十日に一度の初年兵入浴がかかった。遠方から水タンクを牛車で運び、木の浴槽で沸かし、将校、下士官、古参兵が入って我々の番になると、胸まであった湯が膝くらいしかなく、汗と脂と大腸菌でネトネトしている。越中褌をとってから指の傷に気づいたが、機会を逃すと、二十日間入浴ができなくなる。かまっておれず、逆さにとび込んで傷ごと体を撫で廻し、初年兵は三分間で入浴終わり。化膿する余裕などなく、傷はその後ケロリと癒《なお》ってしまった。

寒夜、地上にゴロ寝をしても風邪も引かず、夜間歩哨に立つと炊事場に忍びより、水槽から生水を飲んでおけば、ラクダではないが一週間は持つ。現地では生水の飲用は厳禁だが、アミーバ赤痢に罹《かか》った覚えもない。化膿や病気はここではぜいたくと言うべきで、猪か狼なみになった感じだが、皮膚や脂肪が特別に厚くなったわけでもなく、生きのびるための気力にあるとしか考えられない。

（9）立哨中の居眠り

日中の演習に疲れ切って宿舎に戻ってきても、休む間もなく夜間勤務が待っている。本来は夜間勤務は一週間か十日に一度くらいのはずであるが、巻脚絆を解きにかかった古兵殿が、じろりとこちらを睨んで、「おう、俺は今晩、動哨勤務なんだがなァ」と言われたら、初年兵たるものとっさに立ち上がって、「はッ、それは〇〇二等兵が代わらせて頂きます」と言わなければ、後でどんな目に遭うかわかったものではない。したがって、三日に一度くらいは夜間の動哨勤務をとらねばならない。

満州国東寧。一等兵

火砲陣地、弾薬庫、幕舎、炊事場など一万坪余の陣地の草地を、一時間巡回しては二時間仮眠をとり、一夜に三度繰り返す。

大陸性気候で八月も終わりになると、日中は摂氏三十七、八度に上がっても、夜間は十数度まで下がり、動哨につくときにはパルチザンから分捕ったとかいうロシア人の引きずるような外套を着る。一回廻って帯剣のままゴロ寝し、ようやく寝ついた頃にすぐまた起こされ、夜間の寒さもあってほとんど眠ることもできず、勤務を取ったからといって翌日休ましてもらうわけでもなく、疲れることおびただしい。

初めて夜間のこの勤務をとらされた時に、衛兵司令の軍曹が私を初年兵と見て質問をかけてきた。

「夜間、貴様が動哨中にそばの草叢の中で、人らしいものががさがさと動いた。どうするか？」

「は？」と言ったものの、銃は上官の命令なき限り発射してはならないはずだ。

「銃剣で突きます」

「逃げたら、どうする？」

「追いかけます……」

「銃や装具のままで追いつけるのか？　そんなことで歩哨が勤まるか、馬鹿野郎！」と、さっそく頬げたを一発殴られた。「銃の台尻を返して両脛を払うんだ！　生け捕りにできる」。殴られてよろめきながらも、「なるほどな！」と思った。彼も初年兵の時代にそうやって鍛えられたのであろう。

夏草は背丈を越え、夜の草やぶの小径を着剣した銃を腕に横たえて歩くうちに、疲労と睡魔に耐えかねて道の側に座り込み、つい眠り込んでしまったことがある。はっと気がついた時には、衛兵所へ戻る時刻を七〜八分も過ぎていた。全力で走り返ったが、衛兵司令の軍曹をはじめ、上番下番の兵たちが待ちあぐねていて怒鳴られた。炊事班で牛が逃げて騒いでいたのを口実に、必死に陳弁してまぬがれたが、思い出すと慄然となる。現在では信じられぬかもしれないが、国境線は戦地に準じ、歩哨の立哨中の居眠りは軍法会議で死刑、「銃殺」にされる。

これに懲りて、その次からは衛兵所から離れて見えなくなると、一目散に規定の順路を走って一廻りし、衛兵所に近い深い草叢の中に潜って眠ることとした。ここならば、次の上番兵が装具をガチャガチャさせて起きてくる時に、こちらもすぐ目が覚める。万事、「軍隊は、要領をもって本分とすべし」である。

七月一日付で一等兵になったが、戦地、外地では兵卒からの幹部候補生採用試験が遅れて、十月にようやく実施され、乙幹、甲幹、経理将校試験のいずれも突破し、特に経理は師団で一番とかの成績だったが、大隊長のO少佐に呼ばれ、「経理などは軍人ではない、貴様は兵科だ！」と頭から決めつけられた。私も若かったから、「自分もその方が本望であります」と答えたことは確かである。

十月二十日には気温は零下二十度を越え、国境は雪もよいとなった。十一月一日の朝、私を含む甲種幹部候補生十一名は、千葉の防空学校に入校するために大隊を離れた。私たちを東寧の駅までトラックで送ってきた古参兵が、「お前たちは帰れていいなァ……」と涙の目で送ってくれたのを思い出す。彼もまた、この大隊と運命を共にして戦死してしまった。

(10) 防空学校と南方への出発

将校養成のための千葉陸軍防空学校での訓練は、あっという間に過ぎた。太平洋戦争の激戦が各地で続いており、本来十ヵ月を要する将校教育も、六ヵ月で全課程を完了とのことで、日夜過密な訓練が行なわれ、連日火砲を牽《ひ》いて演習の連続で、校舎にいる時間がむしろ少ないほどである。

一月、二月の酷寒のさ中に、寒風吹き荒ぶ昼夜の猛訓練に他の候補生たちが悲鳴を上げても、満州で叩きに叩かれた我々にとっては、むしろ楽すぎるくらいである。砲車や観測車を牽いて校門を出て、途中、習志野の原野で訓練を繰り返しながら、露天で仮眠することもしばしばである。

夜の十時過ぎにようやく夜間訓練が終わる。朝の五時の払暁射撃演習まで、「各自砲側に携帯天幕を張って、仮眠せよ！」との命令が出た途端、疲れに疲れた候補生たちは、小夜食に貰《もら》ったアンパンを口に入れたまま、薄い外被（レインコート）の目庇《めかく》しを下げて、欲も得もなく砲側の地面にそのままゴロ寝をしてしまう。

この頃の兵の服装は、羅紗織りのものはすべて外地、戦地部隊に送り出され、内地では木綿の軍服ばかりであり、軍服の下には越中褌に木綿の襦袢、袴下（股引）各一枚があるだけで、今考えてもよくまあ耐えられたものである。

一月、二月の明け方の寒さに、さすがに朝の三時、四時になると、震えながら目が覚める。外被の中から前の地面を見ると、霜柱が盛り上がってきている。そのままうとうとし、しばらく経ってからまた目を開けると、霜柱の長さが二、三倍になっている。

入校一ヵ月後の十二月初めに、「原隊勇躍〇〇方面へ出動」の電報が出身大隊から入った。「おそらく南方だ、我々も実戦参加だ！」と、戦いを知らぬ若い候補生たちは歓声を挙げた。それも束の間、その月末に私出身の第二中隊で、中隊長以下三十名戦死の第二報が届いた。何事が起こったか分からず、事態のあまりの進展の早さに驚くばかりである。その後、原隊からの連絡はプツリと切れ、四月の卒業が間近くなり、他隊の候補生たちには卒業後の原隊復帰または他隊転属の命令がつぎつぎに到着するが、我々の原隊からは何の連絡も来ない。

稲毛・防空学校入校。上等兵

　十八年四月の天長節には、戦時中ながら代々木で大観兵式が挙行され、我々高射砲は各門実弾五十発を携行して参加を命ぜられた。敵の空襲があれば目にもの見せてくれようと、手ぐすね引いたが来襲もなく、堂々の部隊行進は、明日にも戦場へ向かう我々にとって最後を飾るものとなった。

四月三十日に卒業して曹長、見習士官となる。学校側の八方調査にかかわらず、原隊の所在が不明のため、最初、関東軍復帰を命ぜられ、次に変更されてシンガポールの南方総軍へ行くことになった。その間にも次の候補生の入校が始まったため、「別命あるまで自宅で待機すべし」と命ぜられた。

戦地に赴く身にとって望外の喜びで、長剣を吊って、急遽、新潟西蒲原郡の実家へと帰った。父は農業会の会長などをしていたが、糖尿病が進行してかなり衰えていた。両親は狂喜したが、あとの息子の運命を思えば暗然とせざるを得ない。

七日目に呉に集合の電報を受け、仏壇に遺書と遺髪を納め、父は親類を集めて壮行会が開かれた。「夢に出てきた父親に、死んで帰れと励まされ……」の軍歌の合唱に、そばに坐った父が、「誰が……、子供に死ねという親があるものか」と呟いたのを覚えている。酔った挙句に、最後に廻される水盃の不味《まず》さは忘れられない。

神戸の知人宅で一泊し、呉まで送るという両親と姉を押しとどめて駅で別れを告げた。列車上で挙手の礼をする私の姿に、ここまで育てた息子を戦地へ送る両親の思いがどんなであったかと、今でも胸が迫ってくる。

第三部　赤道を越えて

(11) 広島の一夜

五月二十日の朝、五十大隊出身の十一名の見習士官は呉の碇泊場司令部に集合した。防空学校から連絡の下士官が来ており、その後の調査で原隊がニューギニアへ向かったことが判明し、シンガポール行きは取り消され、ニューギニアの原隊へ復帰せよとの命令で、翌日のパラオ行き便船に乗船を指定されていた。これは天国と地獄の相違である。ガダルカナル島陥落後、今や最悪の戦場となっているニューギニアに向かうのでは、千にひとつの生還も覚つかないと、覚悟を決めざるをえない。

その夜の宿は、広島市中心部の料亭菊川に指定されたが、我々にとって最後の夜である。夕食後に街へ出て有る限りの金で呑みはじめた。かなりに酔って仲間二人と歩くうちに、なんと第一銀行広島支店に行き当たった。酩酊していたせいもあって、大声で「これは俺の銀行だ！　遠慮するな、入れ、入れ」。まことに済まないことをしたといまだに後悔している。

　夜の八時を過ぎていたが、戦時中のためか次長をはじめ数名の人が残業をしており、行く先は言えぬが翌日の出発と告げると、全員が集まって心からのもてなしをしてくれた。「多数の当行の行員が当地から出征されると思われるが、お立寄り戴《いただ》くことがほとんどありません」と、物資不自由な戦時にかかわらず、つまみと共に数本のビールの栓を開き、全員で乾盃をしてくれた。

　さらに翌朝、宿で二日酔いの頭を抱えていると、おそらく支店長さんの指図と思われるが、小使さんが追加のビール六本と船酔いの薬まで届けてきた。この恩情はいまだに忘れず、この支店の方々も後の原爆で大半が犠牲になられたのではないかと思うと、慚愧《ざんき》に耐えない。

　広島支店のあともさらに数軒を廻り、かなり厚みのあった財布も銅貨二〜三枚を残すのみ。夜も二時を過ぎて、埼玉出身の仲のよい島野という若い純情な見習士官と、二人だけになって宿の方へ歩いて行く途中、まだ開いていたカフエーがあって、酔った女給さんに有無を言わさず引っ張りこまれてしまった。金は無いぞと財布を逆さにして見せたが、「そんなのいいのよ、入って、入って、入って」と空の財布をポケットに捻じこまれ、酔った女給さんたちの自前のビールでまた一騒ぎ。

　夜も白みかかり、ふらつく足を軍刀を杖に立ち上がり、別れを告げると、前に坐っていた女給がじっと見つめていたが、「あんたたち、もう帰って来ないんでしょう……。いいワ、見せたげるわ」と言うなり、パッと和服の前を派手に開いてしまった。島野も私も仰天して目を丸くする。けだし、「軍国女給」の「はなむけ」というべきか。

(12)　魚雷攻撃と僚船の撃沈

五月二十二日の夕刻、我々を載せた秋津丸は宇品を出港、翌朝には大分県の佐伯湾に入ったが、船団の集結が予定どおりにいかず、もう一隻の四千トン級の高知丸と二隻で先発することになった。秋津丸は陸軍所属の一万トンの輸送船で、船尾が割れるとレール上を上陸用舟艇が滑り出す、現在の強襲上陸艦とも言うべきもので、両船とも十八ノットを出しうる新鋭船であったためか護衛もつけられない。

昭和18年５月，ラバウルに向かう

同日夕刻、両船は佐伯湾を離れた。豊後水道を抜けるあたりには、常に敵潜水艦が網を張っているとの話であったが、荒天の大うねりとなり、それが幸いしてか襲撃もなく通り抜けた。船に馴れない陸兵たちは強度の船酔いに苦しむが、海岸育ちで船に強い私は、仲間の食事まで集めて食っている。船上では避難訓練が実施され、各自にカポック製の救命胴衣が渡されたが、海へ飛び込む場合には、兵士は帯剣に重い小銃まで携行とのことに、常識を疑わざるをえない。海中では体ひとつを保つのが精一杯であろう。

船は日中は魚雷を避けてたびたび針路を変え、ジグザグ行進をするが、夜に入ると全速で直航する。船と並んでイルカの群れが戯れながら走り、荒天になれば飛魚が船内までとび込み、海に強い私には結構楽しい。数日の南下と共に耐えがたく蒸し暑くなってきた。坐っても頭がつかえる蚕《かいこ》棚式の狭い寝床のアンペラの上には、べったりと人形なりに汗の跡がつく。

明日はパラオにつけるかという二十七日の夜中に異変が起きた。本船から六～七百メートル離れて先行していた高知丸が、魚雷攻撃を受けて轟沈したのである。当船のエンジン音が急に高くなり、おそらく当船にも数本の魚雷が走ってきたのであろうが、船体の動きが俄かに激しくなった。船内のスピーカーからは「非常な危険海域につき、各員待機せよ」との警報が繰り返されたが、船内の動揺を避けるためか、朝まで僚船の沈没は知らされなかった。

午前七時頃、海中に人が見えるとの叫びに、我々は舷側にかけよった。船は遭難現場に戻ってきたのである。二～三十名の人影が浪間に浮き沈みしているが、ほとんど救命胴衣をつけていない。我々も同然だが、本当の戦争の恐さをまだ知らなかったのである。

秋津丸は遭難者の周辺を緩速で廻りはじめ、我々は声を枯らして「しっかりしろ、助けに行くぞ！」と叫びつづけた。木製の救命筏上の二、三名が立って手を振ったが、見ている間にも我々の船腹ぞいに赤十字材料の梱包にすがった将校一名が、手を振る気力もなく流れて行く。大半は船と共に沈んだと思われ、絶望の漂流のあとに、我々の船を発見した時の彼らの歓喜はどれほどであったろうか。

当然に船を停めて救助にかかるものと我々も信じたが……。秋津丸は突然、気笛三声を発すると、全速で現場の離脱にかかった。我々はただ呆然として遠ざかって行く遭難者を見まもるばかりである。輸送指揮官としても辛い立場であったろう。この船の兵員は八百名ほどであったが、船腹にはガソリンのドラム缶と上陸用舟艇が満載されているのを、私も見ている。

いったん停船すると大船は俄かには動けず、潜水艦の絶好の標的となり、一発の砲弾を受けても、船は大爆発を起こしたであろう。これと数十名の漂流者の命とを秤《はかり》にかけたことになる。しかし、この期に及んで置き捨てられた人々の心情を思うとき……、我々もまた戦争の非情さ、残酷さに慄然とした。

二十八日の夕刻、我々の船はパラオの島に近づき、周囲の海面に船上から砲の威嚇《いかく》射撃を繰り返しながら、秘密水道を通って珊瑚礁の切れ間からパラオのコロール島に入港した。とにかく、命が助かって上陸できたのは有難い。

(13)　熱帯の島パラオ

内地を出て八日目、昭和十八年五月二十九日の朝、我々の船はようやくパラオ諸島のコロ

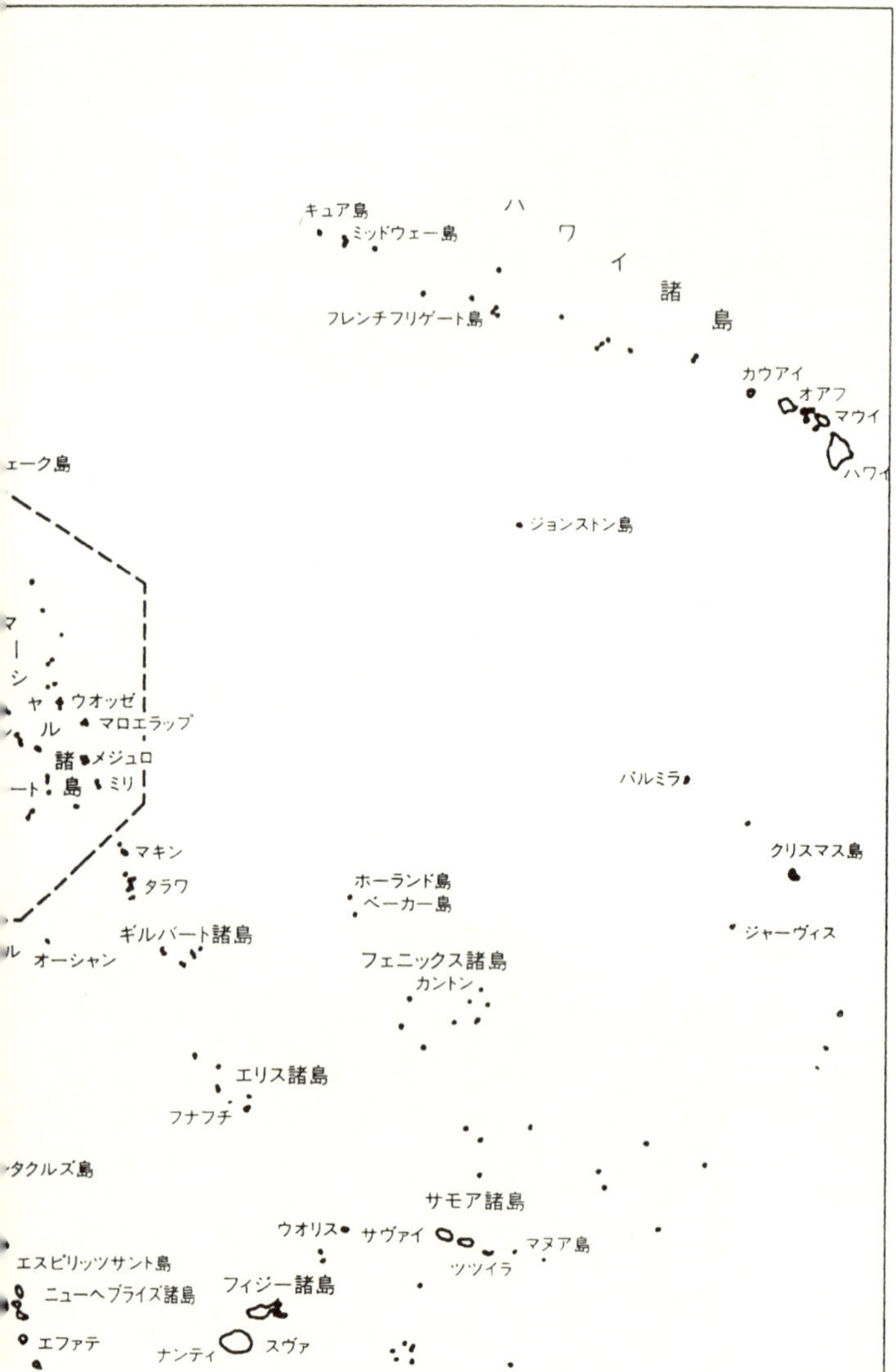
キュア島
ミッドウェー島
ハワイ諸島
フレンチフリゲート島
カウアイ
オアフ
マウイ
ジョンストン島
マーシャル諸島
ウオッゼ
マロエラップ
メジュロ
ミリ
パルミラ
クリスマス島
マキン
タラワ
ホーランド島
ベーカー島
ギルバート諸島
ジャーヴィス
オーシャン
フェニックス諸島
カントン
エリス諸島
フナフチ
サモア諸島
ウオリス
サヴァイ
マヌア島
ツツイラ
エスピリッツサント島
ニューヘブライズ諸島
フィジー諸島
エファテ
ナンティ
スヴァ

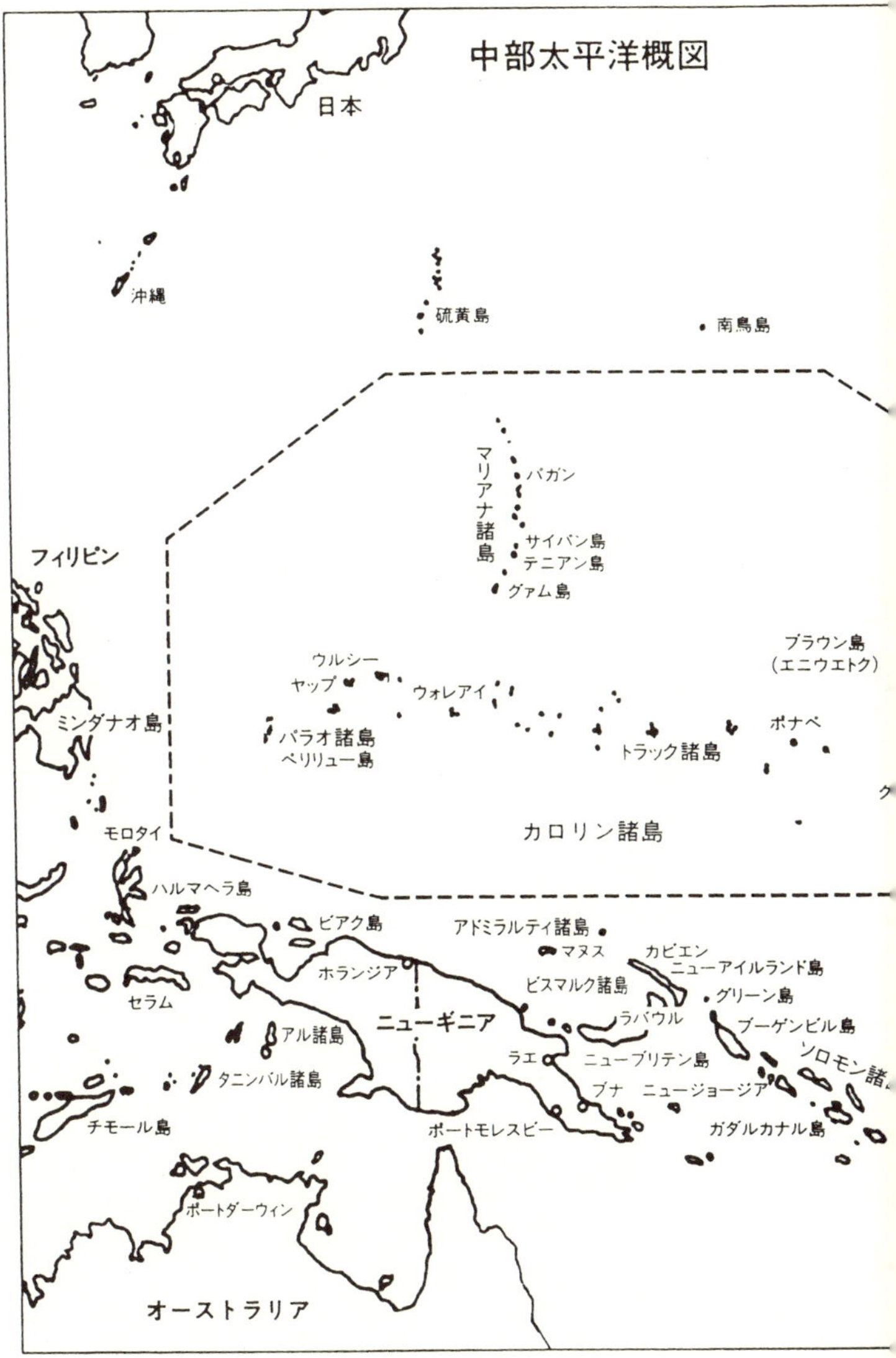
中部太平洋概図
日本
沖縄
硫黄島
南鳥島
マリアナ諸島
パガン
サイパン島
テニアン島
グァム島
フィリピン
ブラウン島
(エニウエトク)
ウルシー
ヤップ
ウォレアイ
ミンダナオ島
パラオ諸島
ペリリュー島
トラック諸島
ポナペ
カロリン諸島
モロタイ
ハルマヘラ島
ビアク島
アドミラルティ諸島
マヌス
カビエン
ニューアイルランド島
ホランジア
ビスマルク諸島
グリーン島
セラム
ラバウル
ニューギニア
ブーゲンビル島
アル諸島
ラエ
ニューブリテン島
タニンバル諸島
ブナ
ニュージョージア
チモール島
ポートモレスビー
ガダルカナル島
ポートダーウィン
オーストラリア

ール島桟橋に接岸した。僚船を暗夜に撃沈され、遭難者の惨状を眼のあたりにして、私の水難の相も今度ばかりは本当かと思ったが、島の土を踏めたのは望外である。赤道以北の旧独領の南洋諸島は、第一次大戦末期の日本の占領によりその委任統治領とされた。西端のパラオ諸島は北緯七度にあり、その本島は要塞化され、隣接するコロール島が当時の白蝶貝採取などの南洋漁業の中心地であった。

我々見習士官は、ここでニューギニア行きの便船を待つべく下船した。軍の碇泊場司令部に行ったところ、原隊のニューギニア行きは確かであるが、当面同地への便船予定が立たず、また原隊の一部がラバウルにいるから、今の船で直行し、そこから渡航した方がよいとのことで、荷物を持ってまた船へ戻る。

コロール島はムカデが這ったような狭いサンゴの島で、高台にのぼると両側に青い海が迫り、初めて見る高い椰子の林や熱帯風景が目に鮮やかである。西岸に遠洋漁船相手の賑やかな商店街や遊廓などあり、町は三十分で一廻りできる狭さである。民需品の補給は内地に頼るほかなく、その商船がここ一ヵ月以上も来ぬため、どの商店でもほとんど品物が枯渇している。

ある店で三十歳ぐらいの男性と知りあい、自宅へと誘われた。元海軍航空隊の下士官で、南京爆撃で敵戦闘機の銃弾で重傷を負い退役したとのこと。家は近くで五十過ぎの母親と若い妹がおり、突然の来客に精一杯の歓待をしてくれた。島では真水が出ず、すべてトタン屋根の天水に頼っている。昼食時となり、配給の主食類も不足らしく、母親は屋外の箱に植えてある甘藷を掘って、サンゴの土では蒸しても不味《まず》いからと油で揚げてくれたが、まことに美味《うま》かった。

船で支給された私の大きな握り飯二個と塩鮭を提供したところ、こんな真っ白なご飯は久しく見たことがないと母も妹も感激。家族がくれた衣料切符で汗に汚れた下着の着替えも買え、翌日、船内の軍酒保で手に入れた金平糖などの甘味品を届けたが、この家庭の人情の暖かさに感動。確か「沖」というような名前だったと思うが、戦争末期にこの地帯からレイテ島にかけての敵の猛爆下に、逃げ場のない小島でどのようになったのかと、今でも心が痛む。

(14)　赤道を越えて南下

輸送船はパラオに四日間碇泊した後、六月二日の夜に単船でラバウルへと出航した。護衛もなく、いつ襲われるかもしれず、昼は不規則なジグザグ航進で魚雷を避け、夜は全速で赤道を越える。海の色はインクのような濃紺となり、ビスマルク諸島の島影に入った頃、ラバウルからの哨戒機も飛来して、正直ホッとした。

「陸の兵隊さん、海行きゃ恐い！」。船もろともに覆没したのでは陸兵の面目はまったくない。どうせ死ぬなら、陸上で弾丸を受けたいものと願った。

船は敵の襲撃を避けて細長いニューアイルランド島の岸すれすれに南下し、六月五日の午後、ラバウルの湾内へ滑りこんだ。円形の湾を囲む濃緑の山々と海浜一帯の広い椰子林、北側には大きな活火山が煙を上げている。多数の日本艦船が港内に碇泊し、飛行場からは頻繁に軍用機が舞い上がり、さすがに南太平洋日本軍の最大基地である。

我々は荷物を纏《まと》めて上陸、代表者が碇泊場司令部へと走る。ムッとする熱気に包まれた桟橋で待つ間に、たまたま他の舟艇から傷病兵の一団が桟橋へ上がってきた。何気なく見てアッと驚いた。その中に原隊同年兵のＡ一等兵がいた。汚れ果て、肌色は蒼黒く、憔悴しきって言葉も少ない。

問い訊《ただ》すと、私の所属した五十大隊二中隊は、危機に瀕したニューギニア北岸の我が軍増強のため一月初めに本隊に先行し、ラエに上陸をはかったが、敵の空爆で中隊長の乗船は撃沈、他の一船は破壊されて海岸に乗り上げ、残った二船が着き、戦死者は中隊長以下約三十名。残存の高射砲三門を先任の中尉が指揮して激烈な対空戦闘をしており、Ａは悪性マラリアで後送されたとのこと。さらに後発の大隊主力は、輸送船全部が撃沈され、同行の師団主力とともに壊滅。初めて知る原隊の運命に言葉も出ない。

(15)　原隊との再会

上陸した我々見習士官たちは、碇泊場司令部の指示でトラックに便乗、原隊がいるという湾の南岸へと向かう。大通りの両側に亭々たる南洋松の大樹が並び、それを過ぎると海浜に椰子林が連続し、ところどころに「〇〇兵長戦死の処」というような白木の墓標があって、昨年初頭の当地への上陸作戦を偲《しの》ばせる。

運転手の言で、我々は西吹山近くの海岸の椰子林に下りた。防諜名の「猛第三六一六部隊第一中隊」の標札があり、椰子の葉で葺《ふ》いた兵舎が見える。遙かソ満国境の原隊を離れてから何千キロ、この南海の涯でようやく原隊に追及したのだ。

門内に兵や下士官がおり、見馴れぬ見習士官に驚いて敬礼するが、見知った顔がひとつもないのが不思議である。当惑している最中に、外から入ってきた将校の顔を見て、我々はワッと駆けよった。紛れもなく原隊の久保田中尉である。彼も非常に驚いた。「お前たちは、よくまあ……ここまで追ってきたな」と、双方抱き合わんばかりの喜び方。彼は今、中隊長になっている。

満州以来の大隊長O少佐に申告、当中隊に宿泊となったが、夕方、サイレンが鳴り響き、空襲警報！　双胴のロッキード機が湾上空に見え、碇泊艦船を偵察。我々が初めて見る敵機だ。中隊員は火砲にとびつき「戦闘姿勢」。高射砲が射撃を開始し、友軍機も発進するが、五千以上の大高度で捕捉は困難である。

その夜、我々の宿舎の乏しい灯火を囲んで、久保田中尉から原隊遭難の状況が語られた。ニューギニア北岸の我が軍増強のため、一月に第二中隊が第五十一師団の四分の一の兵力とラバウルから四隻の輸送船で先行、二隻は失ったが、部隊の過半はラエに上陸。その後二月二十八日に師団と高射砲大隊の主力が輸送船八隻に分乗し、駆逐艦八隻の護衛で進発。翌日には敵機に発見されて、以後、敵哨戒機が離れない。

三月二日、前方にニューギニアの山影が見えるダンピール海峡に入って安心したのも束の間、B17重爆九機の第一波空襲を受けて第三中隊乗船が大破炎上、一時間後に沈没。中隊長以下大半は戦死。

敵は輸送部隊を十分に手元に引きつけ、翌朝八時、戦爆連合百四十機で大挙、船団を強襲。残り輸送船七隻と駆逐艦四隻までが沈没。爆撃で船倉内何層もの仮設床《ゆか》や梯子が崩落、大火災となり、破口からは海水で、火責め水責め、阿鼻叫喚の地獄図絵の中に、大隊は師団主力と共に潰滅した。中尉も海上を漂流したが、血に飢えた鮫に、負傷兵をはじめつぎつぎと海中に引きずり込まれ、カポック救命具は時間と共に浮力を減じ、重い装具から捨てる。最後に軍刀を抜いて眺めた後、海に入れたが、キラキラと輝きながら沈んでいったのが印象的であった。

夜に入って残存駆逐艦が救助に来て、拾われた者だけが辛うじて生還。現在大隊は、生き残った大隊長のもとで兵員と火砲の補充を受け、ラバウルで再建中とのこと。この殲滅《せんめつ》戦は敵の大戦果として宣伝されたが、日本内地にはほとんど伝えられていない。

第四部　南海の要衝ラバウル

(16) 防空隊司令部への転属

我々が襲撃をくぐり抜けて再建中の原隊に追及したのは昭和十八年六月五日であったが、十七日に所在の防空各隊への配属が決定し、私と同僚の吉田君は当地の防空隊司令部付を命じられた。来るべき敵との激突を控え、多数の新鋭見習士官の到着は、当地防空戦闘に多大の寄与となったことは疑いない。

我々は仲間と別れ、ラバウル北の山上にある司令部に即日出頭、司令官に申告。当面、私には入院中の副官の代理、吉田君は情報・通信担当を命じられた。副官とは何をすればよいのかと戸迷ったが、司令部内の命令・報告・人事書類などの作成・整理、司令官外出の際の「鞄持ち」などである。

はじめて将校室に入れられ、当番兵が付いて、これが将校生活の始まりかと、ややこそばゆい感じである。

この第十九野戦防空隊司令部は、本来ガダルカナル島用に内地で編成され、ここまで来たものの、同島は二月に陥落、当地に足止め状態となった。しかし、「ガ島行き命令を受けた以上、便船さえあればさらに前進……」と聞かされて呆れたものである。赴任後まもなく、移動のための機帆船が来るからと、夜中に岸壁に集結させられたことがあるが、船は遂に到着せず、取りやめとなった。幸運だったというべきか。

この司令部は空襲の増加とともに、臨時に当地司令部に転用され、その秋に到着した当地用の第十五野防司は、方面軍命令で前方のブーゲンビル島に出され、同島に対する十一月の米大部隊の強襲上陸で、ほとんど全滅の悲運となった。運命は判らぬものである。

司令部の位置は、湾の北の姉山と母山を連ねる稜線上にあり、北に太平洋、南は眼下にラバウル市街、港、東飛行場を展望でき、独領時代に総督官邸が置かれていたため「官邸山」と呼ばれる。司令官河合大佐以下将校七名、各隊から派遣の通信兵も加えて、百三十名ほどの陣容である。

転属十日目頃に、私は前線防空隊に連絡のため書類を携帯し、出張せよとの命令を受けた。海軍の九七式軽爆機に便乗して、まずブーゲンビル島ブインに向かう予定である。最前線を見られるし、飛行機も始めてで大いに喜んだ。ところが、出発前日に別の仕事ができて、この用件は他隊の見習士官に命じられ、翌朝、飛行場に行って書類などを申し送ったが、せっかくの機会を逸して残念でたまらない。

この軽爆機は予定どおりブインへ飛び立ったが、目的地到着直前に敵編隊の空襲に遭遇し、撃墜こそされなかったものの被弾多数で、彼は機内で腰部貫通銃創の重傷を負い、後日送還されてきた。飛行場まで私が出迎えに行ったが、包帯にくるまれて担架に横たわる瀕死の彼を見て、予定どおりならば私がこの姿だったかと異様な感に打たれた。

ラバウル湾に集結した連合艦隊

(17)　南緯四度の前線基地

南緯四度のニューブリテン島北部ラバウルには、元豪州総督府がおかれ、人口八百人ほどの白人の町があった。月に一回、ここから小汽船が出てソロモン諸島を巡航し、点在する椰子林のコプラの集荷が唯一の産業であった。原住民は原始的なカナカ族が主で、他にソロモン・ニューギニア族などがいる。さらにその南東には六百キロに及ぶソロモン諸島が連り、ガタルカナル島に至る。

開戦直後、海軍からの南方拠点確保の要請で、勇猛を誇る陸軍第五十五師団南海支隊が十七年一月二十三日にラバウルに敵前上陸し、約二週間の戦闘で所在の豪州軍二個大隊を追い落とした。その後十月には、ソロモン方面を第十七軍（沖部隊）、ニューギニア方面を第十八軍（猛部隊）とする二軍を統轄して第八方面軍（今村大将）が置かれ、海軍の第八根拠地隊司令部もあって、米豪間の連絡を遮断し、豪北を脅かす最大拠点となった。湾は火山の大噴火孔に海水が入ったもので、ゆうに大艦隊をも収容しうる広さがある。

一方、同年八月には優勢な米軍がガ島に上陸し、六ヵ月の悪戦苦闘の末、十八年二月に日本軍が敗退。つづいて圧倒的な海空軍援護下にマッカーサー指揮の大反攻がニューギニア北岸からソロモン諸島沿いに開始され、各地に孤立した日本軍は、惨憺たる戦闘を強いられることになった。

我々がラバウルに到着した頃には、昼間は偵察、夜間は在泊艦船を狙った少数機の来襲がある程度で、戦局は一応小康状態にあった。しかし、敵勢力の増大にともない、七〜九月にかけては白昼攻撃こそ無いものの、夜間空襲がとみに増加してきた。この頃、我が方にはなお五百機程度の空軍力があり、毎朝五ヵ所の飛行場から離陸し、湾上で数十機が編隊を組み、ソロモンや敵のモレスビー基地へ堂々と進攻して行くのを見て、歓声を挙げたものである。

しかし、敵はガ島攻略後四ヵ月の準備を経て、マッカーサー元帥指揮の下に俄然、ソロモン、ニューギニア北岸沿いに大攻勢を展開してきた。十八年六月末にニューギニアの第五十一師団を基幹とする我が第十八軍の前面のナッソウ湾に、大船団による上陸を開始するとともに、ソロモンのレンドバ、コロンバンガラ諸島をつぎつぎに包囲強襲し、孤立して補給を断たれた日本軍との間に激戦となった。だが、陸海空軍の圧倒的優勢を誇る集中豪雨的な攻撃に、我が軍は対抗する術もなく、朝に一島、夕に一陣地と陥落全滅。ラバウルから応援の海空兵力も見る見るうちに損耗していった。

当地の防空情報は、陸海軍を併せて我が司令部の管轄とされ、空襲の激化と共に私は七月から専門的に情報担当を命じられた。私自身の判断で、この基地の空襲警報を発令することができる。地図を拡げてみると、敵に占拠されたソロモン諸島からニューギニアにかけて、我が偵察機の確認による敵飛行場の建設が点々と認められ、ラバウルを中心とする半円形の線となって刻々と輪を縮めて来る。敵は攻略した要点にまず飛行場を造る戦法で、作業は海上輸送などによらずすべて空輸による。

方面軍総司令官今村均大将

未開の山上でも、まず落下傘兵を降下させて爆薬でジャングルを開き、次に大型機でブルドーザーなどの機械を降下させて整地し、その上に鉄板を組み合わせて滑走路を敷く。一週間目には戦闘機、二週間目には中型爆撃機が飛び立つ早さで、我々の見たこともない大型機械を使っての敵の技術と工業力には、我が方との間に歴然たる差を生じる。

（18）市街と方面軍司令部

我々が来島した頃には、周辺各地の戦闘は次第に緊迫して来ていたものの、ラバウルは散発的な空襲はあっても、まだ穏やかな美しい熱帯の町であった。町は湾を囲む形で豪州人の元の建物や役所が並んでいたが、海岸沿いの大通りには、房のような繊細な葉を持つ南洋松《もくまおう》の亭々たる巨木が地上に街路樹の緑の陰を落とし、珊瑚の白い砂浜は明るく風にそよぐ椰子林に覆われて、ところどころに赤や黄色のカンナの群落が咲き、じっとしていると伸びやかで眠くなるような風景であった。

陸軍の第八方面軍司令部は町の中心部の姉山山麓にあったが、海軍の第八根拠地隊司令部（八根）は湾北に位置し、我々が来島したときには、この四月末に当地からソロモン視察に赴く途中で待ち伏せた敵機に撃墜された山本五十六長官の死に沸き立っていた。

双方の司令部の参謀部で一日おきに情報会報が開かれ、私も毎回参加した。各隊の担当者から管轄する情報が報告され、たとえば海軍が立って、「昨夜、我が巡洋艦三、駆逐艦三をもって、ガ島ルンガ沖に集結する敵艦船を夜襲、戦果敵巡一大破、駆逐艦二撃沈、我が方巡洋艦一中破」という具合。私も最近の来襲敵機の侵入方向、機種、機数、防空隊戦果、損害などを報告する。海軍さんではコーヒーを出してくれるが、陸軍では渋茶しかでない。

陸軍参謀部へ行くと、その近くで今村閣下（大将）が粗末な服装の丸腰で、自ら現地自活の畑を耕しておられるのを時々見かけた。最高の直属上官であるから、側を通るときには踵をかちんと合わせて停止敬礼をせねばならない。小肥りの柔和な顔を崩して答礼し、かならず何か話しかけてくれる。

「どこの隊だな？」、「防空隊情報担当の斎藤であります」、「昨夜の空襲も相当激しかったが、防空隊はどうだった、損害は出なかったのか？」、「機関砲隊に損害が出まして……、戦果は……」。いつもこの調子である。人格者として聞こえていたが、我々若輩としては感激し、心服せざるをえない。

十八年十二月一日に、私と吉田君の少尉任官のための命課布達式が隊全員の前で行なわれた。満州国境へ戻るつもりで厚い冬の将校服しか持ってなく、赤道直下の炎天で「肩へ刀」の直立不動の姿勢を保っていると、流れる汗に目が眩《くら》んでくる。

河合司令官から、「天皇陛下の命により、昭和十八年十二月一日付をもって陸軍見習士官斎藤睦馬と吉田久次郎は、正八位陸軍少尉に任官した。よって以後は同官の命令に従い……」と言うような訓示がなされる。正式に将校になり、正一位の稲荷様には及ばぬが、正八位の鳥居でも建てるかなと思った。

⒆　熱帯の風土と密林

いわゆる「ラバウル要地」とは、ニューブリテン島北端の蝙蝠が翼を拡げた形の半島で、東西十六キロ、南北九キロくらいが日本軍の守備範囲であった。南半球で季節が日本とは逆であるが、常時緑一色の赤道直下では、季節の変化もつき難い。気温は三十度くらいまでであるが、雨が多く、物凄い湿気ですべての物が腐り、こんなところで生きられるかと疑ったが、体が次第に慣れてくる。

九州ほどの大きさの全島が密林に覆われ、島内の通行はできず、海岸線のところどころに椰子林や土人部落が点在するが、部落ごとに言語が違い、南洋華僑が流通させた「ピジン・イングリッシュ」が共通語とされている。原住民は鍋釜での煮炊きを知らず、食物は焼石で蒸し焼きとし、世界でももっとも原始未開な地域であろう。

熱帯のジャングルの恐ろしさは経験した者でなければわかるまい。まず直径二、三メートルもある根元の拡がった巨木が天を衝く勢いで大ジャングルを形成し、下に日本の樹木ほどの中ジャングルが繁茂、さらに地上は有刺鉄線のような鋭いトゲを持ち、何十メートルも繁茂する藤蔓や化物のような羊歯《しだ》類などの熱帯植物で覆われ、犬の仔一匹も通れるものではない。

林内は昼なお薄暗く、足元には何万年も散り敷いた腐葉土が堆積し、掘り返すと薄赤いミミズの化物のような二〜三十センチメートルもある有毒の盲蛇がぬるぬると這い出してくる。そのほか蠍《さそり》や毒蛾、かなりの大きさの蛇などもおり、夕方になると空は大小の蝙蝠《こうもり》で覆われる。このジャングル内では、人間の食しうるものはほとんど発見しえない。マラリア、デング熱、皮膚病などの疫病がはびこり、我々はもとより原住民もほとんど罹病する。

(20)　軍の慰安施設

当地での我々の給料は日本円ではなく、日本側で勝手に印刷した豪州のポンド、シリング建ての軍票で支払われていた。占領軍の威力以外には何の裏付けもなく、原住民たちは嫌がって受け取ろうとはしない。それに一ポンドは十二シリングのはずなのに、日本軍では十シリングで換算されるから奇妙である。少尉になってからは、一部を残して、給料の大半を内地の親あての送金扱いにしてもらったが、この蛮地では軍の施設で使うくらいで、他に金の使いようがない。

軍の情報会報に出た後は、方面軍の酒保に立ち寄るのが楽しみであった。物資不足で碌なものがなかったが、薄いながらも汁粉があったのは見つけもので、空の一升瓶二本に入れて貰《もら》い、隊に持ち帰って仲間の将校や兵隊さんに配り、大変に喜ばれた。このために見習士官時代の給料の月約四十一円は、ほとんど毎月、汁粉に消えてしまった。

この酒保には当地で商売をしていた南洋華僑の一家が雇われて働いており、敵に占領された現地での心細さもひとしおかと思われたが、そこに若い娘がいて、顔なじみになるにつれて言葉もよく通じないながら、そこはかとなく好意を寄せてきた。可憐とは思うものの、勤務に寸暇もなく、私も生真面目で？　いつ討死にするかも分からないとも思っていたし、逢瀬を楽しむ暇などない。だが、戦況の悪化と共に軍酒保も廃止となり、一家の姿も消えて、その後どのような運命になったのかは分からない。

狭い町の一角には、軍に随行してきた慰安所も設けられており、休日には非番の兵士に町への外出が認められ、日直士官の場合には、彼らに外出証と性病予防のための薬（星秘膏）やサックを渡さねばならない。私が日直のある休日の午後、朝送り出した二、三人の兵隊さんたちが早々と帰隊してきた。

「何だ？　ゆっくり遊んでくればよいのに……」と私が言うと、彼らは憤然として、「女がどこの隊かと聞くので、防空隊だと言ったら、飛行機を落としてから来てくれといわれました……」。慰安婦さんも忙しかったのであろう。

もっとも十八年八月頃までの敵機はほとんど偵察が目的で、高度五千メートル以上で来るから、高射砲にとって目前での撃墜は至難の業であった。この慰安所も、戦局の悪化と共にその秋に女性全員の内地引き揚げが命じられ、辛うじて来着した輸送船で送り返されたが、そのほとんどが帰路に撃沈されて、無事に帰れた者は少なかったようである。

軍隊はもっとも血気盛んな若者たちの集まりである。それが国内的規範をはなれ、戦争のために他国に出されて互いに殺戮《さつりく》を繰り返した場合に、敵愾心をともなってどうなるかは想像に難くない。特に異民族・異宗教の間では残虐性が増し、現地に住む人たちまでも殺し、犯すという現象が頻繁に起こっている。

今次の戦争の終結間際、日ソ間の条約を破ってソ連軍が満州に侵入した際に、その兵士たちの在満邦人、特に婦女子に対する非道な凌辱行為は記憶に新しいところであるし、終戦後、占領米軍の日本上陸にあたっても、住民の被害を避けるために八百余の慰安所的施設が全国に設けられたという話もあり、これはいずれの軍隊でも頭の痛い問題である。

日本では明治までの戦いは国内の武士同志の争いであって、敵地住民までも迫害することは原則としてなかった。明治以降、諸外国と戦端を開いても、単一民族の日本では人種的嫌悪感が少なく、日清、日露戦争頃までは真の国難としての精神的昂揚もあり、軍規はもっとも厳正であったようだ。

これが崩れてきたのは、先進諸国に倣《なら》って意図的に日本が他国侵略を始めた満州・日支事変以降で、勝ちに奢《おご》って地元住民を殺し犯す現象も生じてきた。これを避ける苦肉の策が、軍に随行する慰安所制度の採用であったともいえる。当時日本ではまだ公娼制度であったことも考えねばならず、この方面の業者の関与も大きい。

この点、日常寸暇もなく重労働と精神的重圧に耐えている初年兵時代は、性質は小学生並みになり、食欲は旺盛でも性的欲望の余地はない。だが、古参兵となり、精神的・肉体的に余裕を生じてくると、特に既婚などの経験者では欲望を止めがたいのは無理からぬことである。古参兵で「満州にきた以上、俺は大東亜共栄圏の五族融和を身をもって実現するぞ！」と豪語している奴がいた。

初年兵時代の満州国境で、四十日にわずか一度の外出の際に、召集で入った兵長殿に東寧市郊外の慰安所に無理に連れていかれたことがある。彼にしてみれば、苦労続きの初年兵に、たまには楽しい思いをさせてやろうという親心だったのかもしれない。私の切符まで彼が買って渡され、列に並ばされた。学校を出て銀行に入り、ほどなく入営したから、私にはこのような経験はない。だいいち列を作って、その順番を待たされるだけでも屈辱である。

とうとう番がきて大声で呼ばれた。恐る恐る幕を揚げて中に入ると、慰安場所は四方が高粱《こうりゃん》のヨシズ張りで、青天井の下である。六畳ほどの広さで木製の寝床があり、布団の上にこちらに大股を開いた素っ裸の女が、「おいでおいで」をしている。いや驚いたのなんのって！　何よりも不潔感で頭に血が昇り、証票を女の胸に叩き付けると、反対側の出口から飛び出してしまった。男の風上にも置けないと言われても仕方がない。

だが、このソロモンの南方戦線での原住民事情は少々違っていたようである。たとえば代表的な濃褐色のカナカ族は骨格が特に大きく、面相が厳《いか》つい。貧弱な体格の日本兵の及ぶところではなく、男女共に皮膚病・マラリアなどに罹《かか》った者が多い。生活様式もあまりにも原始的で、これではさすがに勇猛を誇る日本兵も手が出なかったようだ。中国戦線から当地に来た懇意な憲兵曹長の話では、「中国では兵隊の性的犯罪が多く手を焼いたけれども、ここではほとんど起こらないので助かります」と言うことであった。

しかし、驚いたのは原住民の間に、前の支配者である白人との間の混血児がかなりいることである。人種的差別観念が強く、住民の触った物には手も触れないような人たちでも、あの方面だけは別物だったようである。

第五部　連合軍の大反攻

(21) 米豪軍の圧倒的北上

敵の北上進撃はますます激しさを加えてソロモンの諸島は飛石伝いに陥落し、ニューギニアのラエ・サラモア地区に集結した残存の第十八軍は、海陸から包囲されて危機状態となり、最初は玉砕を覚悟したが、九死に一生を求めて背後のサラワケット山嶺を越えての退却戦となった。

赤道直下とはいえ、四千メートルの高山越えに頂上は真冬に近く、食糧が尽きて栄養失調とマラリアに弱った士卒はバタバタと斃《たお》れ、歩けない者は自決し、腐敗死体の累積するこの世ながらの地獄道となった。

現地にあった私の出身中隊も、三門の高射砲が一門になるまで奮戦して低空襲撃の敵機を十四機まで落としたが、最後に砲弾のすべてを敵方に射ち放して砲を破壊し、転進に入った。

しかし、多数の死者や落伍者を残して指示された集結地に着いた時には、ほとんど隊の形をなしていなかった。

この時期、大本営では、戦況の急速な悪化に対応して絶対国防圏をマリアナ・カロリン諸島の線に後退させることを決定し、我々は言わば見捨てられたことになるが、圧倒的敵勢に悪戦苦闘する現地部隊では知る由もなかった。

敵の包囲網はラバウルに向かって刻々と圧縮され、九月二十日にニューギニアのフィンシュ岬、十月にはソロモンのショートランド・モノ島が陥落し、十一月一日には我々のすぐ前面のブーゲンビル島タロキナに大挙上陸してきて、所在の我が十七軍との間に激戦となった。

敵は上陸地点に強固な橋頭堡を築き、これを陥落させようと突撃する我が軍を海空からの砲爆撃と水陸両用戦車などの大量投入で撹乱し、その後、ラバウルから我が軍一個大隊余を増援逆上陸させたものの戦線は膠着状態となり、ラバウルは至近距離の敵基地からの爆撃をも受けることになる。

(22) 防空指揮と凄絶な夜間空襲

我が方の情報網としては、防空各隊の監視哨や陣地からの報告、海軍司令部、航空隊からの通報などのほか、隣島南端のセント・ジョージ岬に秘密裡に海軍の電探(レーダー)が設けられていた。当時の我が電探は、十数本の柱に銅線を張り巡らした原始的なものであったが、発射電波の敵編隊からの反射を捕らえてその方位や高低角を探知でき、空襲の初期情報に非常に役に立った。

迅速を要する任務上、私は通信所内で寝起きしていたが、夜中であろうと通信兵の声で飛び起きる。無線略号で「セ岬より、敵編隊らしき反射あり、西北進中。方位……」との第一報。その続報でラバウル方向と判断されれば、「警戒警報」を発令、通信兵は全員電話機にとびつき、その方面の監視哨には厳重警戒を命じる。

その後、最寄りの監視哨や聴音機からの機影、爆音などの報告で「空襲警報」を発令。司令官以下全員が部署につき、眼下の市街からは私の発令に応じた警報サイレンが鳴り響き、飛行場からは夜間戦闘機が一機、二機と舞い上がって行く。

暗夜の上空は敵機の爆音に包まれ、通信所直上にある戦闘指揮所の司令官からは、直下の私に各部隊ごとに照射命令や射撃命令が下され、各部隊に伝達される。十数条の照空燈が敵機を捜索し把握して、湾を覆う彼我銃砲の発射音や飛行機の急降下音、炸裂する爆弾と火災の炎で、港湾は一大修羅場となる。

夜間爆撃に低く飛び抜ける敵の機影からの射弾や、地上から敵機を目がけて傘型に集中する赤、黄、緑の防空隊の曳光弾が入り乱れ、両国の花火の数層倍もの激戦……。息を呑むほどに美しい。爆撃を受けて沈みやらぬ油槽船の火災が湾内を地獄のごとく赤く染め、目標になることを恐れて、我が艦砲を浴びせて自ら撃沈するという悲惨な情景も起こった。

ようやく敵編隊が退散し、一息ついて寝台に入れたのも束の間、今度は二、三機が高々度で侵入、狙いも定めず長時間かけてラバウル中に小型爆弾を撒《ま》き、終夜眠らせない。神経戦である。夜が明ければ、昨夜の「戦闘要報」、その後に防空各隊の資料を集めて詳細な「戦闘詳報」を起案して司令官の承認を得、方面軍司令部に届けなければならない。連日連夜の激務にまったく疲労し、顔面蒼白となってしまった。

(23) O大隊長の自決

私が一兵卒としてソ満国境の野戦高射砲第五十大隊に入隊した時、大隊長はO少佐であった。家柄もよく夫人は華族出身とのことで、痩せぎすのプライドの高い人であり、我々がラバウルに着いてからは中佐に昇進していた。軍人の中でもエリートであったといってよい。

一方、ラバウル防空隊司令官は、陸軍部内でも剛直、質素をもって聞こえており、喧《やかま》し屋の点では他に類を見ず、司令部の将校たちは連日のように司令官にしごかれて、ヒカガミを伸ばす有様である。逆にいえば、もっとも正直な軍人精神に徹した人であったといえる。

しかし、あまりにも自他に厳しいために、当方面軍参謀部を牛耳っていた士官学校後輩の辻政信大佐（高級参謀）とは事あるごとに衝突し、指揮下の部隊長たちの受けもかならずしもよいとはいえない。特に貴族的な五十大隊長とは反りが合わなかったようである。

それは昭和十八年八月中頃だったと思われる。その夜もラバウル停泊の艦船に対して、敵多数機による猛烈な夜間空襲がかけられていた。通信所は司令官たちのいるコンクリートで囲まれた狭い戦闘指揮所の真下に、山の料面をL字型に掘って掩蓋を掛けた細長い室であり、土を入れた柱代わりのドラム缶の合間から市街や港が見渡せる。

通信所内には二十五台くらいの有線電話機と数種の無線電話機があり、各機にそれぞれ二名の通信兵が付いていた。その通信所の指揮台に立つ私のすぐ右手に、木の梯子を掛けた戦闘指揮所への登り口があり、それを通じて司令官が各隊への命令を下達し、また私からの敵機情報や各隊からの報告・連絡などを聞く。

その夜の空襲は激しく、窓の外は轟音と閃光の連続である。私は各監視哨の報告をもとに、必死に敵機の進路・機種・目的などを割り出して、各方面への情報連絡に努めていたが、ふと気がつくと、五十大隊の通信兵の様子が異常で、私の伝達事項に復唱もしない。駆け寄って「何をしとるか！」と一喝すると、彼はおろおろしながら、「大隊長殿が……」と絶句する。「酷く酒に酔っておられるようで……、河合司令官を出せと喚いておられます」

受話器を代わって取った途端、「貴様、誰か?」と大喝された。

「司令部情報担当の斎藤……、五十大隊出身の斎藤であります。大隊長殿、今は戦闘中でありますから、終わってからゆっくりお話を承りますが……」

「貴様……、司令部の情報などは皆、出鱈目だ！　司令官だ！　河合をだせ！」

明らかに泥酔状態である。彼は私にとって先日までの直属上官であったし、穏便に事を納めようと必死に話しかけたが、猛り狂って鎮まらない。

折悪しく、司令官が直下にいるはずの私に向かって命令下達を叫んだが、私が持ち場にいない。戦闘中で気が立っているせいもあって、怒って通信所に飛び降りてきて、「斎藤！何をしとるか」と怒鳴られた。

「五十大隊長殿が……司令官を出せと喧《やかま》しく言われていますが、だいぶ酒に酔っておられますので。自分が何とか収めますから……」と庇《かば》ったが、「何だと！　戦闘中に酒に酔うとる？　受話器を貸せ！」と取り上げられてしまった。両者の間に何回か激しい言葉の応酬があり、最後に司令官が、「貴様、戦闘中に上官に反抗するのかっ？」と大喝した時にはぎょっとなった。

翌朝、血相を変え、軍刀を鷲掴みにした司令官が、「剛司令部へ行く」と車を命じて出てしまったが、如何ともし難い。

かつてはソ満国境で、当時の日本陸軍には珍しい自動車編成の新鋭の機械化高射砲部隊を指揮したエリート隊長が、何故このようなことになったのか……。もっとも大きな原因はダンピール海峡における彼の大隊の壊滅であろう。彼は辛うじて生き残ってラバウルで部隊の再建に努めたものの、現地調達の人員も器材も思うに任せず、防空隊としても下目に見られる。悪性マラリアもあるかも知れぬが、鬱積する不満に次第に深酒となり、酒乱の域にまで達してしまった。大隊の副官が連絡のために私のところに来た際に、「このままでは部隊の乏しい酒を、皆、部隊長に飲まれてしまう」とこぼしていたのを覚えている。

それから二週間ほど経った朝、私は事務室で前日の戦闘要報の作成に当たっていたが、寝室から司令官が現われて、「斎藤、花束を作ってくれんか」と言われたのには面食らった。

この最前線で、無粋な司令官が花束とは何事？　と一瞬疑惑がよぎったが、陣地付近の赤い仏桑華の花を集めさせて届けたところ、それを持って天満衛生軍曹一人だけを連れ、行く先も告げずに外出してしまった。

事の真相を知ったのはだいぶ後のことである。秋の或る祝日の夜、珍しく将兵に酒が振舞われ、連日の激務・激闘に疲れた兵隊もグループごとに気勢をあげている。私は将校の群れから離れて、一升瓶を提げて下士官たちのところへ行った。狙いは天満軍曹である。相当に酔っている彼にさらに酒を飲ませ、「おい天満、先日、司令官殿と花束を持って出かけたのは、O中佐殿のことか？」、「あ、あれは……他に言うなと口止めされているのですが……」。それを宥《なだ》めたり、すかしたりして聞き出したことは……。

彼は司令官に命ぜられて、何の用か解らぬまま、若干の衛生材料を持ち、湾の南側にある西吹山麓に随行した。そこには関係者や憲兵隊員がすでに集まっており、O中佐の処刑場であった。司令官の訴えを受けた方面軍司令部も、相手の家柄が良いだけに困惑した模様であるが、戦闘中に上官の命令に反抗した事実は如何ともしがたく、早急に処刑を決定した模様である。

天満軍曹の言によれば、中佐は周囲を憲兵に取り囲まれ、勿体無いようなまだ新しい軍服を着ていたが、階級章をもぎ取られ、弾一発を込めた拳銃を渡されて自決した。その際の彼の心中が如何ばかりであったか、想像にあまるものがある。

この事件の直後、真夜中に隣の司令官寝室からうなされるような声がするのを、私はしば

ニューブリテン島全般図

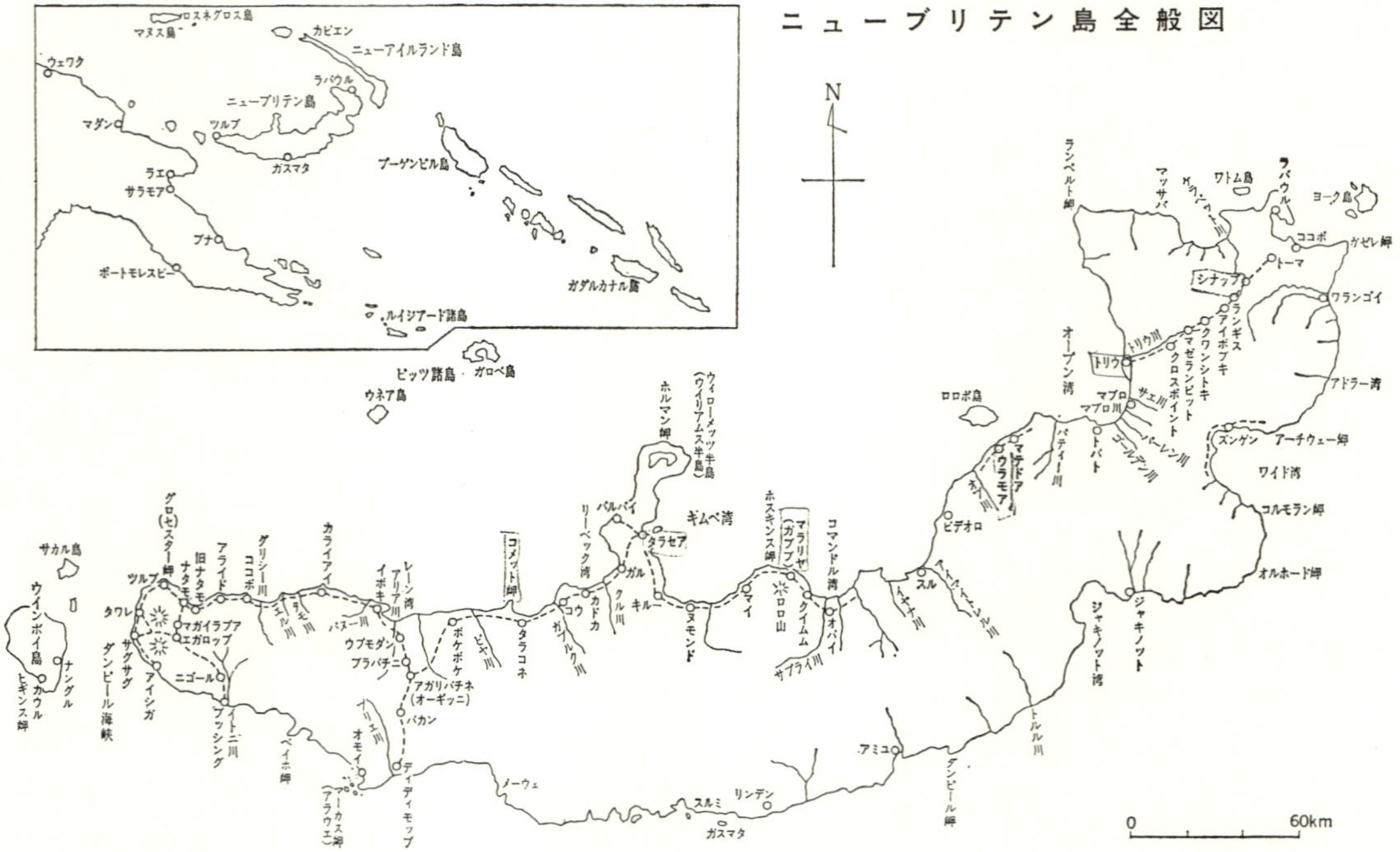

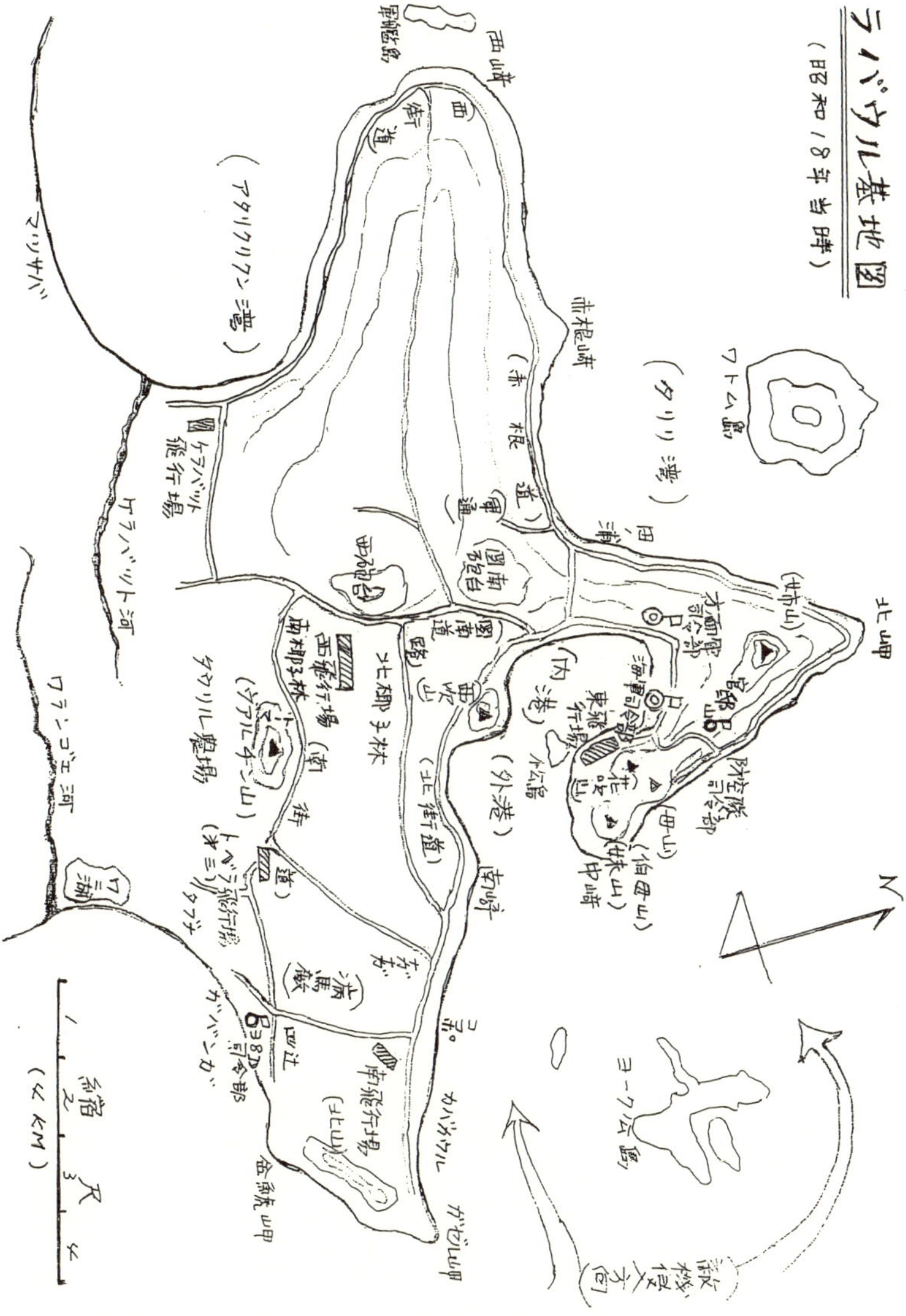
ラバウル基地図
(昭和18年当時)
北岬
西岬
赤根岬
南岬
ワトム島
ヨーク公島
(タリリ湾)
(アタリクリアン湾)
ケラバット飛行場
ケラバット河
ワランゴエ河
東飛行場
西飛行場
南飛行場
(外港)
(内港)
(花吹山)
(母山)
中崎
縮尺
(KM)

しば聞いている。戦争という狂気の歯車に巻き込まれた人間の性向というべきか、運命と言うべきか、恐ろしいものがある。御両所ともに、これを書いている今はおられない。謹んでお二人のご冥福を祈るばかりである。

(24) ラバウル包囲攻撃の開始

敵はラバウルに対しても当初、上陸・占領を企図し、十八年夏頃には夜間になると、敵魚雷艇が頻繁に海岸に接近して測量を開始し、これを阻止せんとする我が沿岸部隊との間に砲火を交換するのが、我々の司令部からもしばしば望見できた。

だが、なお十万人弱の勢力を温存する我が方の最大基地を攻略することは、米側に多大の犠牲と時間を強いることとなるため、これを包囲、孤立させたままでフィリピン方面へ前進する戦略に変更されたようで、このためにはラバウルを徹底的に無力化する必要があり、敵はいよいよ海空の総力を挙げて攻撃を開始してきた。

初めてラバウルに白昼の大空襲がかかって来たのは昭和十八年の十月十二日で、敵は俊速を誇るP38戦闘爆撃機を中核とする約二百機で、南側の飛行場を狙って急襲してきた。我々の位置から眺めると、南方のガゼル岬から湾岸沿いに低く飛ぶ機影が続き、濛々と爆煙と砂煙が連続してあがり、所在の高射砲第六十大隊その他が応戦したが、陣地に多数の爆弾をかぶってかなりの戦死傷者を生じた。

これを手始めとして連日昼夜の大攻撃が開始され、基地中が猛爆に包まれる。我々の対空戦闘がもっとも激しかったのは、十八年十月初めから翌年三月頃にかけてである。

当地の陸軍防空隊は、開戦後一年半を経て器材兵員をいちじるしく損耗した部隊も含めて、高射砲四個大隊と三個の独立中隊で、その砲数は五十四門、これに機関砲四個中隊、照空二個大隊などが加わる。なお、海軍の艦艇から揚陸された高角砲台や在泊艦船の分も合わせれば当初、高射砲だけでも百門を越し、弾幕を張れば来襲敵機にとっては非常な脅威である。

敵の総攻撃は、まず当地飛行場における我が航空勢力の壊滅を狙ってきた。敵占領の各基地や航空母艦から発進した戦爆連合の数十機から二、三百機くらいの大編隊が、我が方の監視の目を避けてニューブリテン島と隣島の海峡を北上し、ラバウルの東方海上に出て湾口部から侵入する場合と、北へ廻り込んで防空陣の比較的手薄な姉山・母山の作る鞍部から市街及び湾の中心へ突入して来る場合とがあるが、襲撃目標を摑みやすい点で後者によることが多く、この場合には我々のいる官邸山の真上を通過することになる（掲載図参照）。

(25) 基地上空の熾烈な航空戦

当地の飛行場としては、戦前からある東（ブナカナウ）飛行場に加えて、我が軍上陸後に整備された西飛行場及び戦闘機用の南、トベラ、ケラバットの五飛行場があり、もっとも重要な東飛行場は我々の眼下に見える。

防空司令部の警戒警報発令と共に、各飛行場の掩体から戦闘機が引き出されて整備兵が発進準備に取りかかり、空襲警報発令で三機ずつ離陸し、上空で編隊を組む。補充が少なく、機数が漸減して劣勢に立っている我が方としては、真っ向正面から敵大編隊に立ち向かうことはせず、日によって異なる地域上空に待機し、狙った敵編隊に対し、雲の陰から逆落としの攻撃をかける戦法が多かったようである。

敵戦闘機隊は我が機を発見すると、味方の爆撃機に近づけないように散開して勇敢に戦いを挑み、基地上空は衆を頼む敵機と我が機との間に、湾を覆って卍《まんじ》ともえの格闘が開始され、見る間に一機、二機と墜ちてくる。

海面に落ちた機は飛沫もあげないで突っ込むものが多く、よほど注意していないと突入が分からないが、中には翼端をぶっつけて風車のように回転して沈むのもある。

零戦が絶対に強かったとは言えぬが、味方基地上空のせいか、最初は六分の勝ち目はあったようだ。何よりも旋回性能がよく、二、三合渡り合うと、くるっと敵の機尾に食いつく。こうなると防空隊は、味方射ちを避けるため射撃を中止し、小手を翳《かざ》して観戦である。

「あ、また一機落とした！　やったやった……」と沸き返る途端、高みで対空双眼鏡を構えた監視兵が「いま落ちたのは友軍機……」。憮然とせざるをえない。戦死は覚悟の上とはいえ、戦闘機どうしの戦いでは、一方が逃げ出さない限り死は二対一の確率でやってくる。それに我が方が零戦一点張りに対して、敵は時が経つにつれて高速のＰ38や重装備のＦ４Ｕなどの新戦闘機を続々と送り込んでくる。

防空隊として友軍機の行動計画は常に知っておかねばならず、週に一〜二回は海軍の航空隊に連絡に行ったが、行くたびに担当者が変わる。

「A大尉はおられるか？」、「大尉は一昨日、モレスビーに偵察に行かれたまま帰投されませんので、今F中尉が代わっています」

翌週また連絡に行く。「F中尉は？」、「中尉は三日前の戦闘で機が墜ちまして……」。何ということか！　自分の死ぬ順番が決まっているようなものである。

だが、聞いた話だが、飛行士が搭乗する際には軍刀はかならず持ち込むが、落下傘を持たない者が多いようで、臆病と見られたくないらしい。しかし、戦時緊急の今、養成に多くの時間と費用を要する熟練飛行士一人をもし失えば、どれほど我が方の損失となるかを考えるべきではなかろうか……。

敵戦闘機群が我が戦闘機を基地上空から引き離す間に、爆撃機編隊は高射砲の弾幕の間を悠々と飛行場上空に侵入、地上機、施設、滑走路に大型爆弾数十個を連投し、飛行場は砂煙のうちにつつまれる。通常、朝七時過ぎに最初の空襲があり、それが去った後四十分も置かずに第二波がきて、続いて第三波が来る。

初戦から帰還した我が戦闘機は、二度目くらいまでは飛び上がって応戦するが、三度目となると弾薬も燃料も補給が間に合わず、操縦士は機から飛び降りて壕に逃げ込み、機はみすみす地上で破壊に任せることになる。頭上を乱舞する敵機からの猛射を浴びながら、眼下のこの惨状を見て、戦闘指揮所の我々は地団太を踏むが、力の相違は如何ともなしがたい。

(26) 艦船への急降下爆撃

連日、飛行場の攻撃を繰り返してほぼその目的を達した敵は、その鉾先を港内艦船や市街などに転じてきた。艦船に対しては、もっぱら単発の急降下爆撃機の大集団による襲撃である。

五十機から八十機が湾上空で編隊を解き、各自五百キログラム(正確には四百五十ポンド)爆弾一発を抱えた三機を一組として、高度二千メートルくらいで編隊長機が、「さあ行くぞ!」と翼を振り、狙った目標に急降下を開始する。両翼の二機は鮮やかな宙返りをして続き、三機で目標を包み込むような形で船側の海中に投下、爆弾は海中を潜って喫水線下で爆発し、敵機はほとんど船のマストの間を通り抜ける勢いで急上昇する。

もちろん我々防空部隊の銃砲は、ここを先途と撃ちまくるが、その一面の弾幕を潜って、海面すれすれまで降下する敵飛行士の勇敢さにはほとほと舌を巻いた。我が陸軍で教えられたような「敵はスポーツ精神くらいしか持っていない」などは信じられず、この精神力の強さは何によるものだろう? ただ、重爆機と違ってさすがに艦爆機は弱く、目前に炸裂する多数の砲弾の破片を受けて墜落するものも少なくない。

このような艦船爆撃方法は、当年三月のダンピール海峡の我が船団攻撃あたりから開始されたようで、従来の水平爆撃などに比し絶大な効果を挙げているが、それだけ飛行士への危険も大きい。山上から双眼鏡で見ていると、水線下に爆弾を受けた船は一瞬、ブルッと船体を震わせるが、しばらく異常が起こらない。

「あ、大丈夫かな……」と目を凝らしていると、破口からの浸水で徐々に傾いていき、最後に船尾または船首を高く持ち挙げて沈んでゆく。途中で船体が潰れるものもあり、隔壁が少ないせいか、商船は一発受けるとまず助からない。重巡の艦尾に大型爆弾が命中し、濛々と黒煙を噴き上げたのを見たが、必死の消火で二時間ほどで消し止めた。やはり軍艦は強いようだが、損傷のほどは分からない。

港内には潜水母艦が停泊していて、その周りに常に数隻の潜水艦がおり、我々が空襲警報を発令した途端に、一斉にズブズブと潜ってしまうのには苦笑するが、彼らには水底が一番安全なのだろう。敵機が去った後の海面には、沈められた船の船員たちが蟻の子を撒《ま》いたように固まって泳いでいる。

酷暑の山上から眺めながら、「だいぶ暑いから、泳ぐのも良いだろう……」。だが、逃げ場のない狭い船上で、相次ぐ爆発と機銃掃射の標的とされて、死傷続出する搭乗者にとっては地獄の沙汰である。目の前で沈められる船を、どれほど多く見たことか。

第六部　防空隊の激闘

(27)　高射砲の対空射撃

当地の陸軍防空隊の主力兵器は、我々が入隊以来猛訓練を受けた八八式七・五センチ野戦高射砲約五十門と、ほかに新型の九九式八・八センチ要塞高射砲四門が配備されていたが、低空で急襲する目標に対しては、二十ミリの高射機関砲や高射機関銃が応戦した。

八八式高射砲は、昭和三年に陸軍の制式兵器として採用されたもので、その頃の仮想敵はソ連軍であり、当時の日本砲兵には珍しく自動車牽引で、満州やシベリアの荒野を自由に駆け廻る機動性を持っていた。

三秒に一発の発射速度を保つように訓練され、高空へ迅速に弾を送り込むために、初速は小銃弾よりも速く秒速七百二十メートルで、最高約七千五百メートル、最大射程距離は一万三千六百メートルである。砲身が水平方向に三百六十度滑らかに回転するために、急襲する敵戦車などに対しても有効であることは、昭和十四年のノモンハン事変で実証されている。

砲弾には高級炸薬の入った長大な薬莢がつき、その発射音はじつに甲高く強烈で、砲側にいる者は全身を爆風で強打され、他の砲と違って発射の際にも全員砲側を離れることはできない。私自身、候補生時代に夜間実弾射撃訓練で砲弾装塡手を担当し、短時間に約四十発を発射したところ、途中から右耳の鼓膜が裂けて大量の出血をした覚えがある。

18年１月，千葉県飯岡。八八式七・五センチ野戦高射砲射撃準備

これはいわば計算機付きの大砲というべきで、分隊長（下士官）のほか砲手十名、弾薬手二、三名を加えて、砲一門、一個分隊約十五名くらいで編成され、分隊二個を一個小隊として将校が指揮をする。各砲手がそれぞれ二、三個の計器を担当し、指揮官の射撃号令通りに合わせると、火砲は敵機の高度、航速、飛行方向に応じた未来位置へ向き、信管測合機上の二発の砲弾に、それに対応する信管秒時（破裂までの時間）が自動的に与えられる。

指揮官の中隊長の後ろには観測班が付いて、観測器材により、敵機の高度、航速、航路角（飛行方向）を測定して報告し（いわゆる三元射撃）、隊長はそれを自己の経験により加減して、射撃号令を下す。

しかし、砲が敵の飛行機、戦車、歩・騎兵などの急襲を受けて危険となった場合には、あらかじめ信管一、二、三秒に調節してある砲弾をもって砲直前を射撃し、いよいよ最後となれば砲を破壊して突撃する。「火砲は砲兵の生命なり、砲兵は火砲と運命を共にすべし」と教範で教えられていた。

実際にソロモン、ニューギニア、ラバウルなどでは、超低空で火砲を襲撃してくる敵機が多く、砲と飛行機との食うか食われるかの戦闘となるが、砲直前での信管射撃による応戦にはかなりの効果がある。また、敵の戦闘機や軽爆撃機群が超低空で前面から近づいてくる場合に、一定距離の信管秒時による、いわゆる待ち撃ちの形で戦果を挙げた例も多い。

射弾はその日の風向、風速、気圧によって微妙な影響を受けるため、実戦においては敵機の来ない早朝に、中隊ごとにあらかじめ一発、または二発の「修正射」を行なって気象上の調整をしておく。夜の白々と開け初めた頃に、中隊陣地の方から透き通った修正射号令がかかり、続いて砲声が聞こえてくると、今日もまた何人かの犠牲者が出るのではないかと、物悲しい気分に襲われる。

しかし、今次の対空戦闘の経験から見ても分かるとおり、高射銃砲による応戦は、低空の敵機に対しては相応の戦果を挙げているが、高空の目標に対しては、航空機の性能の進歩に追随できない感がある。砲の有効な射程は高度三、四千メートルくらいまでで、それ以上の高度をとって、敵が大型機により精密照準の編隊爆撃を行なうような場合には、ほとんど成果が期待できない。八八式高射砲の場合には、射弾が高度三千メートルに達するのに九・三秒、五千メートルで十五・四秒、七千メートルではほとんど三十秒かかると記憶している。

砲弾は砲口を出た以上、未来位置に向かって一直線に進むほかないが、実戦においては敵機が十五秒も三十秒も飛行方向や高度、速度をまったく変えずに直進することは珍しく、また時限信管で高射砲弾が炸裂した場合には、一発が約四百の弾片となって飛散するが、敵機の三十メートル以内に入っていないと撃墜が難しい。

もっとも教範には、敵編隊の前方に弾幕を張り、予定の爆撃進路から反らさせることも任務のうちと書かれており、言わば「雀脅し」の役目もあるわけである。以上のために、砲隊では中隊長指揮の下に砲四門ないし六門による一斉射撃が原則とされていた。

また、開戦前の戦闘機の最高速度は時速三百キロ余であったのが、戦争末期には四百キロ近くに上がり、砲の前を低空で横に飛ばれると、砲身の修正角が大き過ぎて間に合わぬことが多い。いずれにしても、火砲で直接飛行機を狙うのはすでに時代後《おく》れと言うべきで、砲弾自身が目標を捉えて追尾するミサイルのようなものに代わるべきであったろう。

（28）敵、我が島へ大挙上陸

マッカーサーの空海陸からの圧倒的な大反攻で、南東方面の日本軍には危機が迫り、方面軍では中央に増援を要請して、昭和十八年八月頃に中支から第十七師団が派遣されることになったが、途上で敵の様々な妨害を受けて損傷しながらも、最後の部隊がほぼ当地に到着するのに十二月半ば頃までかかった。

ラバウルのあるニューブリテン島は、前面に敵が迫っていつ上陸されるかも分からぬ状態となり、特にラエ・サラモアの失陥後はニューギニアの第十八軍との連絡は、我が島の西端のツルブを経由してダンピール海峡を渡るしかない。ここにおいて方面軍司令部は、本来ブーゲンビル島の増援に投入する予定だった第十七師団に、ニューブリテン島西部のガスマタからツルブに至る沿岸の要所を確保するよう進出命令が出され、その防空のためには野高第三十九大隊が随行している。

また、私の出身大隊でダンピールで大損害を受けた野高第五十大隊（第二中隊欠）も、ラバウルでの再建がほぼ終わり、ふたたび第十八軍に復帰するため、ツルブへ向かうよう命じられた。

この時期、すぐ南のブーゲンビル島では十八年十一月初めに大挙上陸して来た米・豪軍を相手に、第十七軍がタロキナ地区奪回のため、残余の兵力を集めて悲惨な戦闘を繰り返し、これを助けるためにラバウルから、残り少ない航空機や艦艇による主として夜間の襲撃が繰り返されたが（ブーゲンビル島沖航空戦・海戦）、敵の圧倒的な戦力の前に、見る見るうちに我が方が消耗していく。

我々の目の下の東飛行場から、夜間になると五機、十機と中攻（一式陸上攻撃機）が爆撃のために発進して行くが、帰還予定時間になっても、半数までも帰らぬことがしばしばあり、心を傷めるばかりである。

時には帰還する我が夜襲機に追随して爆音を消し、我が機が飛行場に着陸するや否や、至近距離から銃爆撃を浴びせる敵機の送り狼的な戦法もあるから油断ができない。特に我が爆撃機クラスは、米機に比べてかなり性能が劣り、防御力も弱く、中攻も翼の付け根を狙って撃てばすぐ火を発する「シガレット・ライター」であると敵の放送は嘲《あざけ》っていた。

命により、第十七師団の先遣部隊の松田支隊や小森支隊が、主として舟艇機動によってツルブ及びその南東のマーカス岬に進出したのは九月から十月に入ってのことのようだが、野高第五十大隊も、また北岸伝いに南西方へ移動を開始した。

ラバウルからツルブまでは四百キロ余もある。制空権も制海権もほとんど失った時期において、敵の飛行機や魚雷艇の目を避けての貧弱な装備の舟艇機動は、危険きわまりないものであって、至るところで部隊ごとに敵に分断包囲され、各個撃破される恐れがあり、そして結果的にはそのようになってしまった。

敵もまたダンピール海峡の重要性は逸《と》っくに知っており、フィリピンから内南洋に至る突出路であるとともに、ラバウルの背後遮断のためにもその確保は欠かせない。敵は行動を早めて俄然、九月二十日にツルブ対岸にあるニューギニアのフィンシュ・ハーヘン岬を急襲して、所在の我が陸海軍の小部隊を一掃したが、衰弱した第十八軍には、もはやこれを追い落とすだけの力はない。

野高第五十大隊の本部と一・三中隊がツルブとその北方に到着したのは九月末であったが、ニューギニアへの上記の進路を絶たれて停滞し、ついにはラバウルへの帰還命令となったものの、帰還もまた容易でない。

連合軍は、海峡の確保とラバウル攻略の基地を作るためにニューブリテン島西半部の占領を企図し、十二月十四日早朝に島の南東端のマーカス岬を急襲、我が方の約二個中隊の守備兵に猛烈な空爆と艦砲射撃の援護のもとに、一個大隊の砲兵をともなった約一個連隊が上陸した。急を知ってツルブから、我が一個大隊が逆上陸の形で派遣されたが、敵は多数の戦車を揚陸して我が陣地を攪乱し、我が部隊はほとんど壊滅状態となってしまった。

続いて十二月二十六日未明、猛烈な艦砲射撃と煙幕のもとに、敵はツルブからの退路を断つ形で、その東方の舟艇基地ナタモに奇襲上陸、舟艇や所在の高射砲陣地を破壊すると共に、ツルブの我が飛行場近くの海岸その他に、続々と新部隊が上陸して来た。

この方面の守備を担当していた第十七師団の松田支隊（松田少将）は、全面を敵に囲まれながらも、上陸軍の要衝に対し、敵の陸・海・空からの猛爆を犯して果敢な攻撃を繰り返した。だが、最後には援護すべき砲兵もなく、日本軍特有の銃剣突撃に出た隊も多かったが、敵重火器の火網に捕捉されて、敵陣前でほとんど斃《たお》れるという惨状である。

聞いた話であるが、運良く敵陣に突っ込めた場合に、刀や銃剣による野蛮な斬り込みに、米兵は驚いて泣き叫んで逃げるが、豪州兵は向こうから白兵戦を挑んで来たとのことである。

ラバウルには、この方面に応援すべき艦艇も航空機もほとんど残っておらず、後方補給を断たれて、弾薬も糧秣も枯渇したまま、その後も苦しい戦闘が続いていた。このままではほとんど戦果を挙げることなく全滅するとの師団長からの上申もあり、方面軍では残存兵力温存のため、翌十九年一月二十日にラバウルに向けて転進（退却）せよとの命令を出した。

しかし、時すでに遅く、逆境における転進は容易ではない。火砲などの重要兵器は優先的に舟艇に載せてラバウルへの送還を図ったが、退却部隊の大半は小火器のみの徒歩行軍である。ラバウルからは要所に食糧供給所を設置して兵員の収容を図ったが、後尾部隊ではほとんど手に入らない。通行が比較的容易な海岸沿いは、敵の魚雷艇や飛行機の襲撃で寸断され、退路を塞ぐために、敵が先んじて重要地点に上陸して来る有様である。

やむを得ず内陸の千古の大ジャングルを啓開しながらの遅々たる行進となった。折りから雨季に当たって連日、大雨が続き、河川は氾濫し、飢餓とマラリアなどの疾病で体力を失った将兵にとって、路は泥沼化し、悲惨きわまりない。特に最後尾の佐藤支隊と小森支隊は、多数の落伍者や死者を残しながら、三月末にようやく島の中部北岸のタラセア半島に達したところで、先行して上陸していた米軍と遭遇して戦闘となり、両支隊長は相次いで斃れ、部隊はほとんど壊滅状態となってしまった。

昭和十九年の三月頃だったかと思われるが、これら後退部隊の転進を援助せよとの方面軍命令で、防空隊司令部からは私が行くことになり、トラック一台に兵三名ほどを乗せて出発した。退却部隊は島の北東部の湾からトリウ川沿いに内陸に入って、ラバウルの南側に出てくるはずで、その辺りも一面の大密林である。後退部隊ごとのラバウルでの集結地を示した表を渡され、兵士を発見すると、ラバウルでのその隊の集合地を教えて、中継点までトラックで後送させる。

車が行けるところまで行き、そこで私と兵一人が下りて、一人でも多くを集めるために、薄暗いジャングル内の退却する兵が踏み固めた小路に入って行った。折悪しく雨が降りしきり、まったく難儀である。密林の薄暗い奥から三々五々と迷い出て来る敗退する兵士の姿は、人と言うよりもむしろ幽鬼である。小銃も剣も装具も重いものはすべてを捨て、飯盒と残った煙草だけは最後まで離さない。

靴も履いていない者があり、どうしたのだと訊ねると、どんよりと焦点の定まらぬ眼を上げて、「重いから捨てました」と答える。全身に苔が生えたようになり、頸《くび》は一握り、脛は骨ばかりに痩せ、助け合いながらよろめき出てくるのを見て、これがかつての無敵皇軍の姿かと疑った。

路傍に雨に打たれながら突っ伏している五、六名の一団を見つけて、歩み寄って肩を捉えて引き起こし、「しっかりしろ、全員立て！　三百メートルほど先に、お前たちを迎えに来た車が待っているぞ。あと一息だ頑張って歩け……」と励ましたが、上級らしい者が空《うつ》ろな目を上げて、「自分たちはこのままで……よくあります……」と、雨の中にいずれも打ち伏したたまま、動こうともしない。飢餓に加えて、悪性マラリアやデング熱に襲われ、体力も気力も尽き果ててしまったようだ。

集め得た兵をトラックに載せて帰る途中にも、彼らの重い口から語られることは……急流の渡渉に、目の前で弱った戦友が流されるのを見ながら、身ひとつを支えるのが精一杯であったとか、路を訊《たず》ねるために木にもたれて蹲《うずくま》っている兵に手を掛けたら、蛆もろともに崩れ落ちたとか……。

何十日もこの死の密林をさまよい、飢えと衰えに苦しみながら死んでいった人たち……。彼らには本来、何の罪もなく、あまりにも残酷すぎる。しかし今、我々が立っているこの島の同じ土の上に、すでに敵部隊が各所に上陸侵攻して来たことを知ると、自分たちの死ぬべき時期をはっきりと告げられたようなもので、かねて覚悟はしているものの、精神的に受ける衝撃は大きい。

シンプソン湾の日本輸送船を爆撃するB25

(29)　壮烈、島野少尉戦死

防空隊は、海空軍と並んでラバウル防護の重要な役割を果たしていたが、昭和十八年の秋以降、各隊の対空戦闘もまた激しくなってきた。敵はラバウルの各飛行場、艦船、市街、軍需品集積所などに連日、数百機を繰り出して猛爆を繰り返し、ほぼその目的を達したが、こうなると、所在の我が歩兵、砲兵などの地上部隊は、勢力温存のために爆撃を避けて随所に洞窟を掘って潜んでしまった。

ただ防空各隊だけはその任務上、洞窟に入ることはできず、連日来襲する敵機が何機であろうと、何百機であろうと、かならず上に向かって応射を続ける。敵にとっては、日本の海空軍がほとんどいなくなっても、なお頑強、執拗に抵抗を続ける小癪な存在であり、敵空軍の行動を阻害し、基地の要所に正確な攻撃を加えるためにも、徹底的にこれを抹殺しなければならない。高射部隊の陣地は、たとえ偽装はしてあっても、上を向いて射つために秘匿はできず、陣地の標定がきわめて容易である。

これまでにも防空各隊ともにかなりの死傷者が出ていたが、昭和十八年の十月末頃、湾口正面から数十機の敵B25爆撃機が超低空で侵入し、港内艦船や港湾施設に絨毯《じゅうたん》爆撃を加えるとともに、湾の中央奥の図南嶺上に布陣した高射砲教育隊の真上を通過して、一斉に爆弾投下を行なった。このため陣地全面に爆弾をかぶり、射撃は優秀であったが、わずか百余名（砲四門）の隊に、一挙に島野少尉以下戦死二十名、戦傷二十名の死傷を生じた。

同隊が大損害を受けたとの急報に、敵編隊が去るとともに司令官に私が随行して急遽、車で同隊の状況視察に赴いたが、陣地付近の樹木はすべて爆風で吹き飛び、砲の掩体（直径四メートルの砲のための壕）の至るところに死傷者の肉片や血潮がこびりついて、文字どおり血腥《なまぐさ》い風が吹いていた。

島野少尉と私とは初年兵、幹候以来の同期で、彼は中学を出ただけであったが、上州弁丸出しの向こう気の強い真面目なさっぱりした性格で、どういうものかお互いに気が合い、内地を離れる最後の夜にも、二人だけで暁け方まで広島の繁華街を歩き廻った覚えがある。

空地に戦死者の二十の遺体が並べられていたが、見るからに粛然とする光景である。しかし、島野の遺体にはどうしたことか頭部が見当たらず、これでは三途の川を渡る時にも困るであろうと、兵隊さんたちに探させたが、まったく見当たらない。

話を聞いてみると、彼は砲二門を管轄する小隊長として指揮中、敵大編隊が真っ向正面から襲って来るのを見て、我が身の危険を顧みず自己の壕から火砲の掩体の上に跳び上がり、砲の「旋回用意」を命じた。

砲は射角八十五度まで砲身を引き上げ得るが、頭上を通られた場合に十度の死角が生じ、砲を急速に旋回させて、去る敵機に追い撃ちを掛けねばならない。敵編隊の直上通過を見計らって彼は、「旋回!」を号令したが、この瞬間に敵の一斉に投下した爆弾が陣地全面に炸裂し、壮烈な戦死を遂げた。おそらく頭部に爆弾の直撃を受けたのではないかと思われる。

(30) 対空戦闘の激化

敵の空襲は、戦爆編隊をもって昼夜間断なく繰り返され、鳥が鳴かぬ日があっても、空襲のない日はないという状態となったが、とりわけ記憶に残るのは、十一月二日午前のB25百機、P38百機など二百機以上の大編隊によるラバウル市街や港湾への強襲である。その前日に米軍は、本島南に隣接するブーゲンビル島タロキナへの強行上陸を開始したので、ラバウル日本軍の応援を絶つ目的もあったのであろう。

その日は朝からの晴天で、この大編隊が接近して来るのを、遠くから監視哨が逸早く発見したので、早めに空襲警報を発令し、敵編隊の現在位置を刻々に各方面に通報してあったため、陸海軍の火砲は十分な準備の下に、すべて敵方向に向いていたと言ってよい。

敵編隊は湾口からの侵入を避けてラバウルの北方海上に廻り、そこで隊列を整えて我が砲火を避けるためか海上を超低空で飛び、姉山、母山の鞍部にある官邸山を躍り越えて、湾や市中の上空へ殺到する戦法であった。

敵の状勢を正確に摑むために私は、戦闘指揮所に上がっていたが、数列縦隊で北方から海を覆う大編隊が突進して来る。前面に近づいた頃合いを見て、司令官から射撃命令がかかり、北に面した第三十六、三十七中隊が急速な射撃を開始し、官邸山上に在った海軍の高角砲台(二門)も射ち始めた。

敵編隊は海面から官邸山を躍り越えてくるが、機上の銃砲の引き金は引き放しで、我々の陣地に奔流のように猛射を浴びせてくる。敵の撃ち出す曳光弾(射弾五発に一発くらい入っている)の光の束が、隣の姉山の緑の山肌に照り映え、朝日を受けて金色の大河となって流れている。

敵の機体には塗装がなく、ジュラルミンの銀色に輝く眩しいばかりの翼を翻して、若鮎の大群のように頭上を通り、我が手を伸ばせば掴めるのではないかと疑うほどである。じつに壮絶、壮美、方形陣をとるイギリス歩兵軍団に対して、フランス胸甲騎兵の総突撃を見る思いで、平時には絶対に見られぬこの光景に、戦慄しながらも見とれてしまった。

ロッキードP38ライトニング。アメリカ陸軍戦闘機

後ろへ振り返って、敵編隊が通過する市街地や湾を眺めると、市の中空に白く広い薄雲のような幕が浮いて、静々と地上に下がって行く。これはB25のように超低空で地上の敵を攻撃する場合に使われる大量の小型落下傘爆弾で、着弾時間を延ばすためであり、通常爆弾では投下機自身を損傷する恐れが出てくる。

この空襲は、方面軍司令部のあった市街地や軍需品集積所に甚大な被害を与えた。当時トラック島からの増援を得て百機以上の機数を持っていた我が戦闘機隊は、当日ラバウル地域からやや南に離れた敵の退路の上空で待ち伏せをする作戦をとった。超低空襲撃により我が地上砲火で相当な損害を受けたあと、ほとんど射弾を撃ち尽くしていた敵編隊に、退路の上空から我が戦闘機の猛襲がかけられ、我が方の戦果は一気に拡大した。
当日来襲した敵二百余機（我々は二百五十機くらいと見た）のうち、約百二十機までが撃墜されたとのことで、その後数日間は、基地に偵察機の飛来はあっても、爆撃機の来襲がなかったことから見ても、敵は甚大な損害を蒙《こうむ》ったものと思われる。しかし、その後の敵航空兵力の補充はきわめて迅速であって、数日後からふたたび大編隊によるラバウル猛爆を継続してきた。

このような戦闘における戦果の発表について一言したい。多数機が来襲した場合に、地上の高射銃砲はもとより、上空の我が戦闘機や停泊する艦船からも一斉に射撃が開始され、もし敵一機が撃墜されると、射撃していたそれぞれの隊で自隊の戦果として上に報告される。取り締まる側の司令部としては、お前の方では落としていなかったと言える確証がないため、結局そのまま承認されがちになり、戦果のいちじるしい重複が生じてくる。

上記の大空襲後、当方の戦果発表でも、撃墜総計二百五十機となり、ほとんど来襲機数を上回ってしまった。しかし、その夜、私は事務室にあって大型ラジオ（占領時押収品）で遥かに日本の大本営発表を聞いていたが、大本営発表では「ラバウル防空隊の本日の戦果、撃墜二十三機」と、私が当日、方面軍に報告したとおりであったので胸を撫で下ろした。

この戦果の誇大化については、それ以前から方面軍でも頭を悩まし、撃墜機数を正確にするよう各方面に通達がなされていた。これにより河合司令官から、各隊の当日報告の防空隊戦果を極力絞るように厳命され、部員の伊藤大尉の処断で、本当に自隊の目前で墜《お》としたもの以外は入れないような処置がとられ、各部隊から怨まれる結果になった。部隊長としては隊員が死命を賭して戦った戦果の報告を、司令部の一存で削減されたのでは、部下に対する面子が立たず（私にも言われた覚えがある。しかし、米軍でも事は同じであろう）、この点を深く怨まれたようだ。

連日空襲の続いている或る朝、前日の戦闘詳報を、自身で方面軍司令部に届けるために車で山を下りて行ったが、街路はほとんど焼け野原となっている。軍需倉庫が焼尽し、砂糖置場の跡が黒焦げのカルメ焼きの山になり、壊れた倉庫から軍靴などが散乱している。

海岸の埠頭に差し掛かったときに、サイレンが鳴り響いて空襲警報である。乗用車でも常に助手席で監視兵が上空を見張っているが、運転手ともども避退を命じ、海岸に積まれた荷物の脇に転がり込んだ。こんなに朝早くから来るとは思わず、自分の代わりに誰が空襲の情報指揮をしているかと気になったが、瞬時に爆弾が落ちてきて、付近一帯に砂煙が巻き上がった。平地上に落とされた爆弾の威力は凄まじく、椰子林も緑の葉を皆吹き飛ばされて、一面に幹だけの丸裸となってしまう。

はっと気がついたのは、我々が遮蔽物と思っていた物が、海岸に陸揚げされてあったガソリンのドラム缶の山だったことであり、ここに一発落ちれば瞬時に焼鳥にされてしまうことは間違いない。驚いて逃げ出し、私自身は近くの畑に飛び込んで畝《うね》の間に身を潜めた。

飛行場から飛び上がった我が軍の戦闘機が、寡勢ながらも勇敢に敵に突っ込んで行き、空中戦が始まった。途端に敵機の多くが妙な物を落とし始めた。銀色のキラキラした太い魚雷型の物で、遠距離来攻のための補助タンクであるが、空中戦に備えて振り落としたのである。これが地上に落ちると発火して、大型のナパーム弾そこのけに、その辺り一面が火の海となり、地上にいる者にとってはじつに迷惑至極。

空爆は次から次へと敵機が飛来するために、かなり経ってもやまず、退屈して畝の中で仰向けになって見上げたら、畑に植えてあったものがカカオの若木らしい。陸軍にはそんなゆとりはないから、おそらく海軍さんが作ったものだろう。幹や枝に緑色や茶褐色になった瓜のような実が付いているので手を伸ばして採り、実を引き裂くと、チョコレート色の柿の種のような種子が多数入っている。試しにその一粒を口に入れて噛んだら、口が曲がるほど苦く、思わず吐き出してしまった。最初にこんな物を食おうと思った人は、一体どんな奴かと思った。

いつも通っている姉山南山麓の方面軍参謀部の建物も、二度にわたって爆撃、破壊され、背後の斜面に深い防空壕を掘って、危険になるとそこへ避難したようだ。

(31) 防空隊への集中攻撃

同年十二月に入って、敵はいよいよ我が防空部隊に殲滅的打撃を加える戦法を取ってきた。しかし、この場合においても堂々たる正攻法により、一週間ほどぱたりと爆撃をやめて連日、偵察を繰り返した後、俄然、湾の北端にある高射砲中隊から始めて個別に攻撃を開始した。

たまたま、撃墜された敵機から落下傘降下した飛行士が、捕虜になったとの知らせで、私自身が赴いて直接尋問したが、彼に白紙のラバウル地図を与えて、高射砲陣地を記入せよと命じたところ、彼は脅えながらも、つぎつぎと地図上に記入し、当地の各防空陣地が正確に浮かび上がったのには驚いた。別に撃墜されたロッキード（P38）戦闘偵察機の残骸から押収した大型カメラを見ても、レンズの直径が十センチほどもあり、これでは地上の蟻一匹まで写ってしまうのではないかと思われた。

敵は十分な偵察と準備の下に、すでに三門から五門程度に減った狙った中隊陣地に、集中的攻撃をかけて叩き潰し、一個所が終わると、湾岸沿いに次の目標に移るという戦法である。

早朝七時頃、我々の監視の目に、南西方遙かの海上に迫ってくる敵編隊群が写る。ややもやと蚊柱が立ったように見えるのは、三機ほどの小編隊が寄り集まった急降下爆撃機、または戦闘機の群れであり、全体が整然として隊形を崩さぬのは大型の水平爆撃機の編隊である。それがどの方向に向かうかは、見ている我々としては固唾を呑む思いで、もしも自分の方に来たら、これが一巻の終わりとなりかねない。

狙った高射砲陣地に対する最初の攻撃は、まず五十機から八十機の艦爆機が各自五百キロ爆弾一発（当時の日本側最大爆弾は二百五十キロ）を抱いて急降下を開始し、迎え撃つ高射砲との間に食うか食われるかの死闘となる。陣地付近は噴き上げる爆風と土砂で、火山の噴火同然となり、一挙に十数名が砲もろともに死傷する事態も起きる。

敵機はほぼ三機の小編隊ごとに、その長の指揮で急降下して来るが、目の下に火を吐き続ける砲口に向かって降りるのは非常に勇気のいることであり、そのためか、つい早く投下ボタンを押して機を引き上げる動作を取りがちで、爆弾が目標の砲列の頭上を超えて、その背後に集中する場合も多い。

ある隊の将校の話では、第一波がようやく終わって一服点《つ》けようと後ろに戻ったら、後方の宿舎が全部吹き飛ばされて、器物や小銃の折れたのなどが散乱し、私物も全部なくなってしまったと言っていた。

艦爆機が退散して一息入れたのも束の間、三、四十分も経たぬうちに、同一陣地に対して第二波が襲ってくる。今度はB25、26の中型爆撃機三十ないし四十機が整然と編隊を組み、低高度で陣地の手前から、無数の小型爆弾を雨のように降らせて進み、陣地一帯を包む。いわゆる「絨毯《じゅうたん》爆撃」と言う奴である。

さらに三十分後くらいには、同一目標に三度目の空襲がかかる。B24の大型爆撃機十二ないし十八機が高度三、四千メートルで進入して、目標上空で編隊を解き、各機ごとに精密な照準のもとに、いわゆる一トン爆弾（正確には二千ポンド）を投下。

当時、ラバウルの日本側の航空爆弾の最大級は二百五十キロに止まったが、敵の一トン爆弾の威力は、地軸を揺るがすというか、さすがに凄まじい。地形にもよるが、落下地点で直径六～八メートル、深さ三～四メートルの漏斗状の大穴が空く。吹き上げる土砂量は大量で、周囲の地形が砂山となってまったく変わってしまう。地上の兵員は、爆弾の破片で殺《や》られないまでも、土砂に埋没、圧死し、または爆発の強大な風圧で内臓をやられて死ぬ者が多い。

また途中から敵機は、ラバウルを要塞と見たのか、大型爆弾に短延期信管を混ぜて使い出した。通常の瞬発信管では、着地と同時に弾片が横薙《な》ぎに飛散し、人員の殺傷には良いが、コンクリートなどの堅固な構築物にはあまり効果がない。短延期信管では着地時には発火せず、ずーんと地底に入って命ぜられた時間になると、轟然と噴き上げて堅固な陣地まで壊してしまう。短延期の時間は、自由に調節できるらしい。夜中になって爆発することもある。

敵は同じ陣地に同様の方式で三日間、繰り返して徹底的な爆撃を加えた上で、次の陣地へと攻撃目標を移す。彼我のあまりの物量の相違に唖然とせざるをえない。これによって、この基地の我が高射砲陣地も大半が破壊されてしまった。

(32) 官邸山上の死闘

防空隊司令部は、他の海軍部隊などと共に、ラバウル北端の姉山と母山をつなぐ稜線上にあったが、再三の爆撃で周囲のジャングルが吹き飛ばされて裸山同然となり、誰の目から見ても、ここに司令部的存在があることが暴露され（ことによると地元住民に紛れて侵入していたスパイからの報告の可能性もある）、官邸山一帯も敵の猛烈な攻撃の対象となった。

頭上に敵機の大群が乱舞して、前後左右に爆弾が落下する。これが平地ならば、無数の破裂した爆弾の横薙ぎに遭《あ》って酷い目に遭うところだが、駱駝の背のような地形が幸いして、爆弾の大半が両側にそれたのは幸いと言うべきか。爆弾が急斜面に落下すると、主として下方に噴射して、上方にはあまり来ない。

この状態で、司令部としては最初の犠牲者が出た。有線通信の木村一等兵がマラリアで医務室に入室していたが、空襲と共に衛生兵の川辺上等兵と一緒に、いったん自隊の防空壕に入ったものの、その奥にあった地表から十数メートルの深さにある海軍の壕の方がより安全であろうと、海軍兵十数名と共に逃げ込んだ。ところが、その付近の上方に一トン爆弾が落ち、地面が震蕩されて壕が崩落し、全員生き埋めになってしまった。

敵編隊が退去すると同時に、我が方からも余剰人員を繰り出して海軍と共に掘り出しに掛かったが、壕が火山灰質で深く、地層が柔らかいため、掘るに従って上層から雪崩《なだ》れ落ち、救助員が逆に埋められる騒ぎである。川辺上等兵の遺体は何とか引きずり出したが、木村は引き出せず、危険なために海軍と打ち合わせて作業は打ち切られた。

その夜のことである。日中の戦闘報告書の作成に手間取って、私は午後八時頃になってようやく手が空き、川辺の遺体を見舞ってやろうと、安置してある場所に出向いて行った。薄べりの上に寝かされて顔まで軍用毛布が掛けられ、枕元に蠟燭《ろうそく》が一本点けられている。

戦友の話を聞くと、彼の軍服の上着のポケットに女性の長い黒髪が納められていたと言う。これには訳があった。入隊前に彼には将来を言い交わした許婚者《いいなづけ》がおり、彼の入隊と共に彼女も従軍看護婦を志願し、彼の任地のラバウルを希望して当地の野戦病院で勤務していたと言う。そう言えば病院に恋人がおり、休日になると彼が会いに行くということは前にも聞いた覚えがある。

だが彼女の方は、ラバウル方面にいよいよ危機が迫り、十八年九月末頃に当地の女性はすべて日本に強制送還するとの方面軍命令が出て、輸送船で送り返されたはずである。これらの輸送船は、ラバウルの北のニュー・アイルランド島付近で、ほとんど撃沈されたとの噂を聞いている。何と言う無残さか……。

彼の遺体に手を合わせた後、どのような死顔をしているかと毛布の片隅を持ち上げ、覗き込んでギョッとなった。彼の両手の指は虚空を摑んで曲がり、顔一面に紫色の斑点（紫斑）が多数に出て苦悶の形相が凄まじい。即死ならばともかく、上からの大量の崩れた土砂に押し潰され、うつ伏せのまま僅かの隙間に空気を求め、もがきにもがいて徐々に死んだようで、暗黒の砂の中で、何度、彼女や両親の名を呼んだことだろう。あまりの酷さに私は慌《あわ》てて毛布を下げたが、しばらく動悸が止まらなかった。

その夜、いつでも夜襲に対応できるように、私は通信所の寝台に寝ていた。昼間の激務に疲れ果てて熟睡していたが、誰かが真夜中に揺り起こす。気がついて見ると、通信の夜間当番のK上等兵である。彼はもう四十一歳くらいで徴集で軍隊に入れられ、元は絵画の表装などの経師屋だったそうだが、善人で気の弱い男である。

私が眠い目を開いて「どうしたのだ……」と聞くと、彼は青い顔を震わせて、「木村が……出ました！」と言う。「死体が掘り出せなかったために、彼が迷って出たんです……」

Kの話によると、彼は通信兵として夜間の交換機についていたが、夜中に指揮下の或る部隊から他の隊へ繋《つな》いでくれという電話があり、交換機のコードをその隊に差し換えようとした途端に、繋がってもいない両隊がすでに話を始めていたと言う。「そんな馬鹿な……」と、私は交換機のところまで行ってみたが、両隊の話はもう済んだとみえて切れている。彼は昨日まで同じ仕事をしていた仲の良い同僚の無残な死に、気が動転してしまったようだ。

翌朝、私もゆっくりと考えてみた。ここは赤道直下の多雨熱帯地で暑く、非常に湿気が強いために、交換機内の両隊の線が偶然に湿気で短絡してしまったのではないかと思われる。短絡はよく起こり、現にその年九月頃に中型の防空隊用の精密な諸元測定機械が内地から届いたが、二ヵ月も経たぬうちに湿気のために駄目になった。

戦場ではこんな精密機械を直せる人もいない。つまり剃刀では戦闘はできず、鉈や棍棒の方が一般的にはまだましである。別に陸軍の上層部のことを言っているのではないが。ここでは軍用電話や無線の機器類も、たまには日に曝《さら》して、よく乾さなければなるまい。

もともと私は無神論というか、幽霊などは信じない質《たち》である。戦場に来て幾多の悲惨な死を見たけれども、今まで化けて出たという話はあまり聞いたことがない。江戸時代においては幽霊は現実のものとされたが、この戦場では幽霊など出るゆとりもなく、あれは平和時代の民衆の精神的な贅沢病ではあるまいか。

司令部のある山上地区陣地に対する敵の猛襲はさらに続き、絶え間ない敵戦闘機などの襲撃に対処するために、司令官の命令で、コロンバンガラ島から引き上げて来ていた照空第三大隊から、重機関銃一個小隊が司令部に派遣され、胸までの高さの幅六十センチメートルのコンクリート壁に囲まれた我々の狭い小判型の戦闘指揮所を中心に、半円形に五丁の機関銃座が配置された。

その午前、例によって敵の攻撃が始まり、山上は修羅場と化し、私は指揮所に上って情勢を見ていたが、隣の姉山の山裾を廻って、敵戦闘機一機が猛然と低空でこちらに突進して来た。カーチスP40（ウォーホーク）であるが、後ろに零戦が一機追尾している。

ラバウル航空隊の零戦と花吹山

折りから運悪く、空襲から避退するために下の東飛行場から舞い上がったばかりの、まだスピードの上がらない我が艦爆機一機が敵とすれ違う形となり、あっと思う間もなく敵機の機関銃がばばば……と火を吐き、日本機はぐらりと左に傾いて、そのまま山肌に突っ込んでしまった。

途端に指揮所を囲んだ我が方の重機五丁が一斉に火を噴き、零戦の弾とどちらが当たったのかは分からぬが、敵機は我々の頭上百メートルくらいで宙返りのように裏返しとなり、操縦士が落下傘を長く曳きながら飛び出し、そのまま姉山の太平洋側のジャングルの中へ墜ちて行った。

落ちた日本機の救援のために我が隊からも人が走

り、現場に着いたときには操縦士には息があった。まだ十八歳の少年航空兵だったと言う。幽かな声で「天皇陛下万歳……」と叫び、間を置いて「お母さん……」と呼んで息が絶えたという。涙なくしては聞けない。

敵の操縦士は、あまりの低空で落下傘を半開きのまま落ちていったが、木の枝にでも引っ掛かると生きている可能性がある。直ちに司令部から周囲の高射砲隊に捜索命令が出され、空襲が終わるとともに、私自身も四、五名の兵を引き連れて捜索に向かった。弾を込めた拳銃を握ってはいるものの、ジャングルの中から待ち伏せをして狙撃を受けはしないかと、あまり良い気持ちがしない。

墜ちた飛行機の場所は、周囲が吹き飛んで比較的容易に発見できたが、もちろん操縦士の体はない。これまでにも墜落した飛行機の残骸を数多く見ているが、ほぼ原形を留めるのは機関部と尾翼くらいで、残りはジュラルミンの屑の山となる。

大空襲の初期に湾南岸の六十大隊から敵機を撃墜したとの報告があり、検分のために出向き、やや高い土の上で押収すべき物を指図して、兵隊さんの作業を見ていたところ、どういうものか足許が妙にブヨブヨとして締まりがない。気がついたその隊の兵隊さんが、「あ、少尉殿！　その下に敵の操縦士が埋まっています」とのこと。現地自活のために自隊周辺にタピオカ畑などを作っている場合が多いが、その中の一部分に際立って緑の繁茂しているところがあり、ほとんどは死体を埋めた場所で、できる芋もまた馬鹿に大きい。

落ちた飛行機の周辺一帯で敵操縦士を探させたが、熱帯のジャングルなど、とうてい人の足を踏み込めるものではなく、各隊からも発見できなかったとの報告である。ところが二日後に、近くの高射砲隊の炊事班から死体らしきものがあるとの報告を受けた。

話を聞くと、海軍設営隊の朝鮮出身の兵隊さんが、食器を作るために落ちた飛行機のジュラルミンの破片を取ろうとして現場近くを通ったところ、上の方から酷い悪臭が臭って来る。大蛇でも死んでいるのではないかと上に登って行ったところ、大木の陰から蒼い裸の足がニューと突き出ていたので仰天し、逃げ帰る途中に炊事班があったので飛び込んだとのことである。

探している敵の飛行士に相違あるまいと、私は兵二名を連れて現地へ探しに行ったが、谷の斜面の直径一メートルもある大木の幹に横様に打ち付けられたと見えて、靴も飛び足など三つに折れている。顔面も強打によって砕かれ、虚ろ状になり、その内部が絹の布のように真っ白に見えるので何かと思ったら、微細な蛆《うじ》がもう一面に沸いていたのだ。熱帯で腐敗が早く、三日目でも腐臭が耐え難く、側にいると頭がじんじんと痛くなってくるほどである。人間の腐ったものほど悪臭の酷いものはない。

兵の一人に、医務室へ行ってクレゾールの消毒液とシャベルを持ってくるように伝え、残り一人と上衣などを剝《は》がしに掛かった。衣類の中に、何か軍事的に重要なものがないかを調べたかったからである。

使いの者が衛生兵も一緒に戻って来たので、死体にクレゾール液を一面にかけて臭いをなるべく消し、所持品を詳細に調査した。各ポケットの中が重いと思ったら、四十五口径くらいの大型の拳銃弾ばかり合わせて九十二、三発も入っている。百発のうち残りを拳銃に込めて、握って飛び降りたのであろう。拳銃がないかと付近を探したが、見当たらない。

上着から一枚のニューブリテン島の地図が見つかり、隣島との海峡の途中からラバウル北方に廻る進入路が鉛筆で記載されているが、発進地がどこだか分からず、服装から見ると豪州空軍だが、所属隊はもとより階級章も姓名も見当たらない。敵ながら機密保持の用心の良さに感心する。

血や汚れた体液にまみれた腰のクッション代わりの折り畳みゴム舟の中には、非常食のチョコレートや水の缶詰のほかに、釣針や釣糸まで入れてある。付属の説明書によると、陸上に降りた時には天幕代わりとし、海上では金属の引き伸ばしの帆柱を立てて赤い小さな帆で帆走することも出来るし、食える魚の説明書きまでしてある。舟を膨《ふく》らますのも息ではなく、小ボンベのコックを開けば、瞬時に拡張するようになっている。敵側の観念の差かも知れぬが、危急の際の人命に対する配慮の大きさにほとほと感服する。

死体の下に横穴を掘らせて落とし込み、土を被せ、飛行機の破片を置き、墓標代わりとした。作業をしていた者を集めて、「我が機を墜しはしたが、敵ながら勇敢に闘って死んだのだ……我々自身も明日にもこの姿にならぬとは限らない」と、一同に「気をつけ……かしら中！」と号令し、弔《とむら》った。体もまだ若々しく、たとえ腐って耐え難い悪臭を放っていても、国に殉じた立派な勇士であることには変わりはない。

指揮所の直下にある通信所は、崖の斜面に椰子の丸太を縦横に二段に積んで上に土砂を被せただけのものであるから、付近に爆弾が落ちるたびに家鳴り振動して、天井板に土砂がザザザと降り、内部に土煙が濛々と立ち込め、いつ潰れるかも分からぬ状態である。直撃一発を食ったら、瞬時に崩壊することは間違いない。

兵隊さんの話だが、土煙と振動で壕が崩れそうになり、どうなることかと脅えて指揮者の方を透かして見ると、私が腰に両手を当てたまま悠然と？　煙の中に立ち、大声で情報や命令を発しているのを見て、まだ大丈夫のようだとホッとしたと言う。正直なところ、将校だって恐いことは同じである。

しかし、その場の責任感と部下の目が集中しているところで卑怯な挙動などをしたら、その後の指揮など出来はしない。人間は半分は他人に対するプライドで動いているのかもしれず、それを失った人間はまことに惨めである。

通信所の港側の側面は、土砂を詰めたドラム缶を柱代わりにしてあったが、その隙間から外を覗いた瞬間に、大型の一トン爆弾が丸い形で空を切って、一直線にこちらへ落ちてくるのを見てあっと驚いたことがある。爆弾は長いから、それが丸く見えたと言うことは、当方へ真っ直ぐに来る形であり、長ければ手前に落ちるか頭を越すことになる。咄嗟に「伏せろー」と全員に怒鳴り、突っ伏した途端に大爆発が起こったが、壕直下に着弾し、ほとんど下方に噴射したために被害が出なかった。

官邸山が狙われると、周囲一帯が爆撃を受けるために、三十分も経つか経たぬかで通信所の有線電話の大半が断絶してしまう。直ちに無線班の出動を命じ、壕の上に小型の六号無線機を二、三台押し上げて、各隊との間に連絡を取りに掛からねばならない。

兵は壕の上に身を晒《さら》し、「クロ、クロ、クロ（四十七大隊黒田部隊）……こちらカワ、カワ、カワ（河合部隊）。感（感度）どうか明（明瞭度）どうか？　感どうか明どうか？……」と接触につとめ、相手の「カワ、カワ、カワ、こちらクロ、クロ。感よし明よし、どうぞ……」の応答を待って、音声での連絡が始まる。ところが、無線通話を始めた場合に、気のせいかそこに爆弾が集中してくる。

当地では十八年の九月頃から、敵は飛行機にもレーダーを使い出したようだ。夜の空襲に備えて内地から当地に到着していた少数の夜間戦闘機「月光」が、来襲予定時刻のやや前からラバウルの北側または東側と毎夜、地域を変えて哨戒し、敵機に対する照空燈の照射があると、上空から逆落としに急襲する。最初のうちは夜ごとに一機または二機くらいを墜し、我々に快哉を叫ばしたものだ。

敵の四発の大型爆撃機が夜間に我が機に襲われて、翼端にいたるまで紅蓮の炎に包まれて落ちて行くのを、凄然としながらも見たことがある。「あの中にも十数人の人命があるのだ……」

しかし、その後は通信所の航跡板の上で、我が機の哨戒線に夜襲機が接近し、占めたと思っていると、闇夜ながら敵機はすーっと横に逃げて捕まらない。明らかにレーダーの仕業である。

断絶した有線通信も放ってはおけない。その隊から来ている通信兵二名を一組として、一名が軍用電話機を担ぎ、一名が付き添って、自隊の通信線に沿って走りながら、時々通話を試みて探り、損傷個所を発見して修理する。しかし、外部は弾片と銃弾の嵐であり、そのさ中に保線作業を命ずるのは、死地に追いやるようなもので、断腸の思いがするものの、已むを得ない。

一度、爆撃が激しく、ほとんどの線が切れて通信兵が出払った後に、また新たにある大隊関係の線が断絶し、そこには一名の兵しか残っていないので、六十大隊から来た兵一名を指名して保線随行を命じたところ、途中で被爆して頭部に重傷を負ってしまった。

自隊の線の保守のために司令部に差し出している兵隊を、勝手に他隊のために使われたとあっては、その隊が納まるまい。夕方、その兵隊をトラックに載せて私自身が同行し、部隊長に会って陳謝した。苦い顔はしたものの、部隊長は特にそれを詮議立てすることはなかったが、軍隊も難しいところである。

(33) 重機隊危機

年を越えて昭和十九年の一月二月に入っても、敵の連日の空襲は止まず、鳥の鳴かぬ日はあっても、昼夜の空襲の無い日はないという有様である。

二月頃だったろうか、四方から来襲する敵機に、勇敢に応戦していた司令部防衛の重機小隊にも危機がきた。戦闘指揮所で我々が見ている前で、数発の爆弾が落ち、吹き上げられて、何か黒い物体が宙を飛び、我々の指揮所の前にどさりと落ちてきた。

目を凝らして見ると、何と照空三大隊からきた小隊長の小久保少尉である。さては殺られたかと息を呑んだが、彼はしばらくすると、手を突いて起き上がり、弾片で曲がった軍刀を引きずり、びっこを曳きながら持ち場に戻って行ったのには驚嘆した。弾は彼の足元直下で破裂したが、断片は上の方にはあまり来ないようだ。剣道三段と聞いたが、豪勇と言おうか。彼の鞘は弾片で割けて用をなさず、その後も時々剣が錆《さ》びるので、炊事班で砥石を借りて大刀を研いでいるのをよく見かけた。

このままでは、いつ当通信所が爆破されるかも知れず、司令部の指揮系統が壊滅する恐れがあるとのことで、司令官の命令で急遽、通信所を五十メートルくらい山肌に沿って下げることになった。昼夜兼行で作業が始まり、崩れた時の退路の確保や爆風を通り抜けさせるために深いコの字型として、二日ほどで完成した。

ただ情報担当の私にとっては、これでは外部が見えず、監視哨や各隊からの電話連絡のみに頼っていては、司令部で綜合する情報が手後《おく》れになる。したがって、頻繁に壕の入口へ飛び出しては空を眺め、また戻るということになる。

引っ越した直後の一月初めの朝だったか、また官邸山一帯に猛烈な空爆がかかり、壕の土が崩れそうになる中で、司令官から、山上に一トン爆弾が落ちて重機小隊の大半が埋没したため、至急救援隊を寄こせとの電話を受けた。驚いてすでに断線している電話機の通信兵七、八名を集めて円匙《えんぴ》（シャベル）を持たせ、無線班長のT伍長に直ちに救援に行けと命じた。

数分後、錯綜する情報指揮に懸命になりながら、ふと見ると、救援班が壕の入口に竦《すく》んだまま動いていない。無理もない話で、外には弾片の嵐が吹き荒れている。が、それを見て激怒した。山上は急を要する。有線班長の本明軍曹に大声で通信所内の指揮を命じ、飛び出して入り口の兵の一人からシャベルを奪い、「貴様ら！　命が惜しくて戦《いくさ》ができるか……付いてこい……」と大喝して、壕の外に走り出した。駆け上がる山肌には砲爆弾、機銃弾の弾片が鋭い音と共に渦を巻いて飛び交い、それがいつ横腹に食い込むかと、走るうちにも腹のあたりが擽《くすぐ》ったくなってくる。

隊長が駆け上がったので、後の兵も続いて走り出した。山上は大爆発に掘り返されて山容が一変し、中央の三個分隊が埋没したようであるが、砂山となって銃座がどこにあるか見当もつかない。指揮所を基準に銃座位置を推定し、兵を配置して直ちに発掘にかかる。

私も中央の位置で作業に加わったが、狙い違わず、折り重なった二、三名の頭や胴が見えて来た。機関銃の上に蔽《おお》いかぶさった射手のこめかみがピクピクと動き、円匙では危険なので必死に手で掘る。間髪を入れず脇から「隊長！　空襲……」の声、見上げると、次の敵編隊が直上に迫っている。これ以上犠牲者を出してはならず、「退避しろ！」と大声を挙げた。

瞬間にして、山上から全員の人影が消え、「ずいぶん逃げ足が早いな……」と呆気に取られ、私自身も退避しようと身を起こしかけたが、今掘り出しに掛かっていた兵の土に埋もれた横顔が苦しげに痙攣している……。捨てれば死ぬに違いない。一瞬迷ったが、踏み止まって、また掘り返しにかかった。

さあ大変、前後左右に爆弾が落ち始め、そのたびに目と耳を押さえてうつ伏すが、全身に土砂をかぶり、命は風前の燈というところ。ふと、私の両親は最愛の我が子が今、死のうとしているのを知っているのだろうかと思い、幼児の頃の思い出が一瞬、頭の中をかすめる。

爆弾の激しさに耐えかねて、一度は傍《かたわ》らの破裂孔に転げ込んだが、次の爆発で土砂が上から雪崩れ落ちて埋まりそうになり、さらに危険で、また這い上がる。日露戦記で「いったん砲弾が落ちた穴には、二度と弾が落ちる虞《おそ》れはない」と言う記述を読んだ覚えがあるが、近代戦では違うようで、弾の上に弾が重なってくる。

爆撃は執拗に止まず、口も鼻も土砂でザラザラになり、いい加減やけ糞になるとともに、癪《しゃく》にも障《さわ》ってきた。

臆すると小便が出ないというが、俺はどうかと、わざと弾痕の上に突っ立ちあがり、前を開いて始めたら、シャアシャアと気持ちよく出たまでは良いが、周囲に多数の弾片がとび廻るというのに、小便のほうが止まらない。放尿の形で戦死ではサマにならず、死ぬまでに何とか前だけは塞ぎたいと真剣である。

座り込んで、また掘り出しに掛かっていたら、大勢が血相を変えて駆け上がってきた。壕へ逃げ戻ったら小隊長が見えない……。さてはやられたかと、爆撃が去ると同時に探しに来たが、私が喉から胸元までベットリと鮮血に染まったまま兵隊を掘っていたと言う。ただし、これは至近弾が落下した際に、無我夢中でそばの戦死体に抱き付いたためで、私の血ではなく、あまり勇敢とも言えない。

掘り出した数体を並べて、息のありそうな者を調べ、人工呼吸を実施させたが、状況に動転したせいか、かねて教えていたに関わらず正確に実施できる者が少ない。中でも不器用な者がいるので、彼を退《ど》かして私自身も犠牲者の体に跨《また》がり、三十分近く試みたが、遂に蘇生しなかった。おそらく爆圧で内臓をやられたのであろう。司令部関係にも多数の死傷者が出てしまった。

第七部　基地、敵中に孤立

（34）周辺諸島の陥落

歳が明けて昭和十九年となったが、敵の反攻はその勢いを増すばかりである。南東方面の日本軍の中核となるラバウルには、例えば一月二十七日約百五十機、二十八日二百十機、二十九日約二百五十機、三十日約四百機というように、次第に勢力を増して連日の大空襲が繰り返された。

一方、敵機動部隊は赤道を越えて一月三十日、我が内南洋のマーシャル諸島に来襲してクエゼリン島などに上陸、数日のうちにその守備部隊を全滅させた。二月に入るやエニウエトク環礁を襲い、二月十五日にはラバウルの東方わずか二百キロにあるグリーン島を占領。

他方、ダンピール海峡の隘路を確保したマッカーサー指揮下の連合軍は、ニューギニア北岸の敗走する日本軍拠点を次々と陥して、フィリピン方面への途を拓くとともに、ラバウルのすぐ西方海上にあるマヌス島を主とするアドミラルティー諸島を攻撃し、二月二十九日未明から、猛烈な空爆とともに十数隻の巡洋艦・駆逐艦搭載の約千名の部隊による上陸を敢行してきた。

同島のセント・ロレンゴウには良港があり、日本軍の飛行場も作られていた。情勢緊迫により、事前にラバウルの第三十八師団から同年一月末に歩兵第二百二十九連隊の一個大隊が派遣されており、敵上陸とともに各所で激戦となったが、空海陸の圧倒的な力を持つ敵の大部隊の包囲には対抗しえず、最後には夜間小部隊による襲撃を繰り返しながら、ほとんど全滅に近い状態となった。

三月初め頃であったか、同地の一部隊の上級司令部へのモールス符号による報告を、夜間に司令部内の無線機で傍受したことがある。暗号も使う余地がなく生文のままで、終わりに「……これを最後の通信とし、唯今から通信機を破壊し、生き残った全員をもって敵に突撃する。天皇陛下万歳」を最後としてぷつりと切れた。海空を制圧されたラバウルからは、近くで友軍が全滅するのを知りながら一兵の増援も送ることが出来ず、その瞬間に死に向かった人たちの叫びを聞きながら、その胸中を察し暗澹たる思いである。

この頃には敵上陸の際にも、「安易に玉砕を選ばず、洞窟などに拠ってなるべく長く敵部隊を引きつけ抵抗を継続し、日本方面侵攻を極力牽制すべき」旨の方面軍通達が出されており、組織的抵抗が出来なくなった後も、飢餓に苦しみながら、五月頃までは小規模な戦闘が続いたようである。これらによりラバウルは周囲を完全に封鎖され、その北のカビエンと共に孤立し、敵の包囲下に曝されて、まさに四面楚歌となってしまった。

(35) 敵の艦砲射撃

ラバウルに対する敵艦隊の砲撃は三度ほど行なわれたが、うち二度は官邸山北方海上からのものであった。基地の地上砲の射撃を避けるためか、暗夜を選んで忍びより、狙った地域に突然に集中射撃で砲弾の雨を降らす。最初に遭遇したときには、暗夜で上空に敵機の爆音もなく、寝入っている時に、いきなり付近にボガ、ボガ、ボガと炸裂音が轟いた。驚いて飛び起き、通信所に走り込んで、取りあえず空襲警報を発したが、いずれの監視哨に聞いても、まったく敵機の気配がない。

初めての経験で、どういうことか分からず戸惑っているところへ、その夜、たまたま司令部に宿泊していたガ島帰りの将校が飛び込んできて、「艦砲射撃だ!」と大声を挙げ、ようやく事の真相がわかった。戦闘指揮所に上がって、胸障から身を乗り出してみると、艦影は見えないものの、沖合いに横一列にオレンジ色の砲火が閃々と輝き、しばらくすると、鋭い風切音とともに我々のいる官邸山に着弾、次第に射程を延ばして市内、港湾の各所で炸裂する。

比較的低空に単機の爆音がするので、数条の照空燈が空を薙《な》いで探し、直ちにこれを捕らえ、夜空にくっきりと機影が浮かび上がった。敵艦隊が放った偵察機のようで、明らかに艦砲の着弾観測をしていたのである。これを狙って官邸山付近に布陣していた高射砲第三十六中隊、第三十七中隊が、砲口を揃えて最初の射弾を撃ちあげた。

闇夜の鉄砲は当たらないのが相場であり、まして闇夜の大砲においてをや……と言いたいところだが、途端に敵機は被弾、大破し、火を発してバラバラになって落ちてきたのには、撃った方がむしろ驚いたであろう。地上はやんやの喝采となったが、敵の操縦士にはまことに気の毒なことになった。

その後、他の地上砲が不意のことでまだ射撃準備が出来ないうちに、山上の高射砲隊が逸早く敵艦の砲火を目当てに激しく撃ち返し、効果のほどは分からぬものの見事な応戦ぶりとなった。高射砲隊は二十四時間臨戦体制にあり、緊急の場合にも即応できるためであるが、翌日、方面軍司令官から、他に先駆けて戦闘した旨の賞詞を賜わった。

この艦砲射撃を切っかけに、いよいよ敵の当基地への上陸作戦が開始されたのではないかと一時危惧されたが、その気配がなかったのは幸いである。しかし、山上から見ていると、敵の急襲上陸に対応すべき我が地上部隊の海岸線への展開が、真夜中のせいもあるかもしれないが、意外に手間がかかり、いらいらとさせられた。

（36）第二中隊の悲運

昭和十九年二月十四日頃だったと思うが、午後、方面軍参謀部から呼ばれて出向いて行った司令官が、夕方、顔をぐみのように赤く染めて怒りながら帰ってきた。猛爆が続いている東飛行場敷地内に、なぜ高射砲隊が出ていないのかと詰問されて、河合司令官と方面軍参謀との間に激しい口論となったようだ。

司令官が抵抗したのには理由がある。昭和十七年の暮れに、ソ満国境から野高五十大隊が当地に到着した際に、当時すでに激しい空爆の的となっていた東飛行場東端に進出を命じられ、布陣後まもなく猛爆を受けて相当な死傷者を出し、陣地変更を強いられた経験がある。

河合司令官にしてみれば、何の遮蔽物もない飛行場東端の海岸に砲隊を出せば、瞬時にして殲滅される虞《おそ》れがあり、むしろ側面の山腹に位置して横合いから撃ったほうが良いと言い張ったが、辻政信高級参謀以下に、軍隊が死傷を恐れてどうするのかと難詰され、最後には「命令」だと言い切られてしまった。当然ながら、軍隊は命令には抗しえない。

夕方、ただちに河合司令官の前で、どの隊を派遣すべきかの司令部内における緊急会議が開かれた。

飛行場への攻撃はいっそう猛烈になってきており、そのもっとも目立つ滑走路の端に布陣せよと言うことは、死地に赴けというように等しい。しばらくの沈黙の後、部員先任の温厚な伊藤大尉が口を切った。

「あの場所に出すと言うことは、即時壊滅的な打撃を蒙《こうむ》るものと覚悟せねばなりません。そこで非情なようだが、その隊がやられた場合でも、当地の防空隊にとってもっとも損耗の少ない方法を採るべきか……たとえばニューギニアから少数で帰ってきて、砲二門を与えられ、目下再建中の五十大隊第二中隊など……。これも中隊には相違ありませんから……」

そばで聞いていた私は、アッと驚いた。ソ満国境から来た私自身の出身中隊であり、隊長以下ほとんど全員の消息を知っている。

ラバウルの左から斎藤，吉田，乾少尉

一昨年末、本隊に先行して当地からラエに渡る途中で乗った輸送船撃沈のため、小林中隊長以下、まず三十名を失い、残存隊員でラエ地区唯一の高射砲隊として、僅かの火砲で死闘を繰り返して多くの死傷者を出した後、死のサラワケット山脈越えの退却で多数が犠牲となり、浦山隊長以下、残った十数名がこの年一月にパラオ経由で、ようやくラバウルに帰り着いてきたばかりである。

何ということか……。「これだけの苦闘を経験した中隊を、またまた死地に追いやるのか……やめて貰いたい！」との叫びが、私の喉元までこみ上げてきたが……、自分の出身中隊だからやめてくれとは、この場では言えない。理論的に考えれば、伊藤大尉の判断のほうが正しいのであろう。

五十大隊第二中隊には、この旨の出動命令が直ちに伝えられた。辛うじてラバウルに帰りつき、兵員、兵器など若干の補充は受けていたものの、これだけ悲惨な経歴の後で、加えて当地でぬくぬくと温存されていた中隊も多い中で、なぜ当隊だけがふたたび窮地に追いやられるのか……。隊長以下に多くの疑問を生じたようであるが、命令は命令である。夕方のうちに所在地を撤去して、与えられた二門だけの火砲を牽《ひ》いて敢然と新陣地へと向かった。東飛行場を通りぬけるさいに、所在の海軍部隊の兵が、滑走路の先に陣地を設けると聞いて呆れて驚き、壕の中から見ているから、やられたら助けに行くと言ったとか。

その夜は、たまたまラバウルが艦砲射撃を受けた夜であったようだ。敵艦からの射弾の火線の流れと官邸山への炸裂を見ながら、中隊は徹夜で陣地を設定し終え、ようやく朝飯をとった九時頃、例日のように花吹山の遙か彼方に三百機ほどの敵空軍の戦爆連合の大集団が現われるとともに、一気に東飛行場に襲い掛かってきた。

急降下する艦爆機の大群が、轟音とともに滑走路や施設一帯に爆弾を投下し、官邸山の指揮所から固唾を飲んで見ている我々の目からは、飛行場は瞬時にして、上空まで濛々と立ちのぼる煙と砂塵に包まれて見えなくなってしまい、有線通信も断絶して連絡がつかなくなった。しかし、地上では中隊の死闘に次ぐ死闘が続く。

敵機も、一夜明けて滑走路の東端に忽然と高射砲陣地が出現したことは予期しなかったとみえて、降下して急上昇する鼻先に砲の信管射撃を浴び、多数の撃墜損傷がでた。だが、これに気づいた敵機群が反転して襲いかかり投弾、四周暗黒となって大破孔を生じ、中隊長とその側にあった観測班その他の多数が埋没し、第一分隊の砲も土砂をかぶって閉鎖機が動かなくなってしまった。

第二分隊の火砲のみ火を吐き続けていたが、残余の全員が必死になって埋没者の掘り起こしにかかり、まず土に埋もれた中隊長の頭を見つけて辛うじて掘り出し、幸いに蘇生させることができた。観測班の六名は折り重なって土砂の下に埋もれており、必死の人工呼吸に関わらず蘇生せず全滅し、隊長以外のただ一人の小隊長も重傷である。通信杜絶のために隊からの連絡がとれず、この惨状は徒歩による隊長の伝令によって、昼前に山上の我々に伝えられた。

土砂をかぶった砲一門は修理を終わり、二門とも使える状態となったが、将校は隊長一名のみとなったため至急増派願いたいとの要請である。急場のこととて他隊に将校差し出しを命ずる暇もなく、司令官の決断で、司令部同僚の通信担当の吉田少尉に命令が出され、彼はその午後、荷物を纏《まと》めて急遽、山を下って行った。

砲隊の位置が暴露された以上、翌日もまた集中攻撃を受けることは明らかであり、その夜、中隊は徹夜で五百メートルほど離れた丘に陣地変換をした。だが、敵の目を逃れることはできず、翌日は最初から新陣地が狙われて爆撃が集中してきた。射撃開始早々に猛爆を食い、落下した爆弾のために、第一分隊の砲の掩壕は半壊して弾薬が飛散し、砲身は酷く損傷を受けて射撃不能となり、戦死者は出なかったものの、司令部から派遣された吉田少尉は吹き飛ばされて瀕死の重傷となった。その他に脚の切断など五、六名の重軽傷者を生じた。

活火山の山麓のため、火山の熱湯が噴き上げて無残な火傷となっている場合が多い。耐まりかねて河合司令官が方面軍司令部に走り、ほとんど戦力を失った同隊に撤去を命じた。その夜、中隊は残った一門の砲を曳いて、旧陣地の図南台へと戻って行った。

その日の夕方、昼間の戦闘の書類作成などを急いで済ませて、私は司令官のところへと出て行った。

「本日の戦闘で派遣された吉田が重傷とのことでありますが……。私とは初年兵以来、行動を共にしてきた仲でもありますので……もしできましたら、様子を見に行ければと思いますが……」

厳格な司令官ながら、「うむ、俺も気になっていた、すぐに行ってこい」との承諾を得て、伊藤大尉にもなるべく早く帰るからと断わり、直ちに車を命じて山の下の野戦病院へと向かった。

山上ではあまり気がつかなかったが、市街地は酷い被害で、野戦病院の敷地内には死傷者が一面に溢れている。前からの爆撃で、建物はほとんど壊れ、洞窟内にも収容しきれず、ほとんどが地面に敷いた天幕の上に寝かされたままである。端から調べて行ったが、皆、土に汚れた同じような服装で容易に発見できず、困惑しているところへ、遠くに吉田の当番兵がバケツを下げて歩いているのを見つけて駆けよつて案内させた。

吉田もまた地面の天幕の上に転がされたままで、患者が多すぎて間に合わぬのか、まだ軍医の手当も受けた様子がない。爆弾の黄色火薬で、全身が真っ黄色に染まって顔が腫《む》みあがり、爆風で裸の皮膚の至るところに痛々しく土砂が食い込んでいる。脈をとり、耳を寄せてみると、息は微かにあるが、耳元でいくら「吉田、吉田……」と大声で叫んでも、びくりとも反応しない。じつは両鼓膜ともに爆風で吹きぬかれていたのだ。満州以来運命を共にしてきた戦友も、これが遂に最期かと、私の頬に涙が流れてきた。

山上にとってかえし、司令部に入ると、司令官が待っていたように、「吉田はどうだった？」と聞かれた。状況を報告し、「彼はまだ息はあるものの……まず駄目かと思われます」と答えると、むっと唇を引きしめたが、口を開くと、「斎藤、この後は貴様が情報のほかに通信隊の指揮もとれ！」と命ぜられたので、はっとなった。その後、ポツリと司令官の口を漏れたのが、「吉田は俺が殺したようなものだ……」との一言だった。

「一将功成って万骨枯る」という諺がある。死地へ赴けと命ずるのは軍の参謀であるが、参謀自身が死地へ行くわけではない。その職務柄、やむをえないという言葉が返ってくるかもしれぬが、作戦が失敗であっても、自らの責任を取り、または取らされることはほとんどなく、むしろ永年作戦上の功績があったとして、次の昇進を約束されていくのではあるまいか。

（37）　機密地図の喪失

前年の六月に私と吉田が転属してきた時には、司令部の将校は七名であったが、士官学校出は司令官以外にはおらず、温厚な伊藤大尉は長年、高射砲中隊長を務めてきたものの、いわゆる下士候出身で、明るく朗らかな伊藤少尉は、我々よりも二十歳も年上の野砲出身の召集将校である。少尉は高射砲は知らぬため兵器係を務めていたが、秋田県横手市の小学校の教頭先生である。ほかに経理と軍医将校がおり、経理の川口中尉は早稲田大学出身で、大学出のためか私には特に目を掛けてくれたが、十八年秋に六十大隊転属直後に爆撃を受けて壕が埋まり、気の毒にも逸早く戦死してしまった。

　司令部は情報と通信の固まりのようなものであり、吉田少尉を失った後の私の仕事は、その双方を引き受けてますます多忙となった。

　執拗をきわめる敵の空襲の連続に、かつて緑に覆われていた官邸山一帯は無残な赤土の裸山と変わり、司令部位置は完全に露出して、これでは全滅を待つばかりであり、遂に河合司令官から陣地変換の命令が下された。伊藤大尉と私が新司令部位置の偵察を命じられ、朝の空襲が終わった後の昼前に、あらかじめ地図上で目処《めど》をつけて車で出発した。

　姉山周辺から図南台にかけて、急いで二、三個所を見て廻ったが、あまり適当な個所がなく、昼時になって図南台に戻り、稜線上の椰子林で昼食の弁当を採りながら休憩した。その間にも二人の間に詳細なラバウル防衛地図を置いて検討していたが、連日連夜の悪戦苦闘とそれにつぐ資料作成などの仕事で、二人ともに全身綿の如く疲れ果てており、ともすればそのまま眠りこけてしまいそうである。

　しばらくして「さあ、出かけるか！」と伊藤大尉にうながされて、次の偵察へと車に乗り、十分ほども走ったであろうか。「斎藤、地図は持っているか?」、「いえ、伊藤大尉殿は?」。二人ともに持っていないことが分かり、愕然となった。全速力で車を元の場所に戻したが、両名が休んだ椰子の丸太上には弁当の食殻のみで、二人の間に丸めておいたはずの地図がない。二人とも顔面蒼白となった。

これは容易ならぬ地図である。ラバウルへの敵地上軍侵攻が迫っており、防空隊としての計画策定のためにと、方面軍参謀部で渋るのを、防空隊司令官から特に要請して、私自身が命じられて参謀部に行き、三日間かけて部隊の擲弾筒の位置まで詳細に写し取ったものである。

当地はもと豪州の委任統治領であり、豪州政庁の息のかかった原住民のスパイが多数いることは明らかであるが、我々には見分けがつかない。それらの手を通じて、地図が万一、敵手に渡ったら……結果は日本軍にとって戦慄すべきことになる。

「土人が持って行ったとしか考えられない……。俺ともう一人は左下の大きな部落を探すから、斎藤は右下の部落に行け！」との伊藤大尉の声に、私は拳銃を引き抜いて、崖下の部落に走り込んだ。中には三、四名のカナカの男女がいたが、血相を変えた日本軍の将校が拳銃を手に飛び込んで来たのを見て驚き、私が捕らえた男一人を除いて皆、逃げ散ってしまった。

幼稚な土語で、手で形を作り、「このサイズのパイパー（紙）知らぬか？」と問い詰めたが、土人は恐れ戦《おのの》くばかりで話にならない。多くもない草葺きの粗末な土人の小屋を、一軒ごとに内部を見て廻ったが発見する術がない。喉がカラカラに渇き、水を呑もうと部落の井戸に降りて行ったら、水汲み中の土人の若い娘がただ一人いて、恐ろしい日本兵が来たのに逃げもせずに、ニコリと笑いかけてきたのには、場合が場合だけに意外だったことを覚えている。

　捜索を諦《あきら》めて元の道路へと上がっていったが、先に帰っていた伊藤大尉の姿を見ただけで、発見できなかったことを知った。その側に腰を下ろしたまま、二人とも茫然として土を眺めているばかりだ。十分ほども経過したであろうか。頭の中を走馬燈のように考えが駆け巡る。これはどちらの責任とも言えないが、この地図を失ったことは重大である。帰って司令官に報告すれば、烈火の如く怒られるであろうが、司令官といえども無事では済むまい。

「ああ仕方がない……。伊藤大尉がどう考えているかは知らないが……、今晩、自分が責任をとって潔く自決しよう」、「だが、しかし……この地図が万一、敵方に渡れば、ラバウル十万の日本兵の命に関する……。貧乏少尉ただ一人が腹を切ったとて、償いができるものではない……。これでは死んでも死にきれない」

「いつまでいても仕方がない。帰るか……」と言う伊藤大尉の声に、私が立ち上がりかけた時、先方から椰子の道を海軍のトラックが一台走ってきて間近で止まり、兵曹長が一人下りてきた。しばらくこちらを透かして眺めていたが、つかつかと私に歩み寄って話しかけた。

「貴官たちは、何か失った物があるのですか？」。私はハッとして見返し、「地図だが……」、「ああ、それなら私どもの兵隊が拾いました。部隊長に見せたところ、これほど詳細な防衛地図は見たことはないと驚き、失った者はさぞ心配しているだろうから、すぐに連絡に行けと言われて参りました」

　私と伊藤大尉にとっては、もう一度天地がくつがえるほどの衝撃である。正直……ああ、死なくて済んだと痛感した。彼の車の後についてトベラまで走り、海軍の飛行場設営隊長のE少佐に面会した。

「いや、驚きました、これほど詳細な地図は私も見たことがない。これが瞬時でも貴官たちの手から離れたことが知れれば、それだけでも咎《とが》めが来るでしょう。地図は私どもでは見なかったことにして、貴官たちにお返ししましょう」と。伊藤大尉も私も、彼に下げた頭を上げることができなかった。命の恩人である。彼は東京の高等商船を出た予備役の海軍少佐であり、民間出身であればこそ、この恩情と配慮が出たものであろう。

司令部に戻って、司令官に陣地変換について意見を具申し、翌日から新陣地への移動が無事に完了した。今考えてみても、肌に粟を生じるような事件であった。僥倖に助けられず、その晩のうちに腹を切っていたとしても、魂魄は宙に迷って浮かばれなかったであろう。第一、腰の軍刀は自分の腹を切るために持っていったものではない。

(38) 司令部、新陣地へ

新しい司令部陣地は、外洋と湾を見下ろす姉山中腹に設けられたが、通信壕は山腹深くコの字型に掘られて、壕の前に大型爆弾が落ちても、爆風が吹き抜けるようになっている。すぐ隣には、麾下の独立高射砲第三十六中隊の陣地があり、九九式の新式高射砲二門と八八式二門とを備えていた。

引っ越し後まもなく、今度はこの三十六中隊が狙われた。隣の私のいる司令部ともども爆弾をかぶり、一弾が高射砲座を直撃して砲が中空に噴き上げられ、分隊員がほとんど全滅。被害の直後に我々も駆けつけたが、戦死十名の死体が散乱し、落ちてきた砲の下に転げ込んだ遺体などは、無残に押し潰されて目も当てられたものではない。

一方、新しい通信壕の中で情報・通信の指揮をとる私にとっては、外界がますます見え難くなり、外部からの通信だけに頼っていては、各隊への情報が手遅れになる。危険ではあるが、空いている兵に伝令を命じ、ともども壕外の小さな台地に走り出て、双眼鏡で敵編隊の動きを自ら捕らえながら、伝令を介して通信所から全般の状況を各部隊に伝えていく。

壕の外は砲爆弾の砕片や驟雨のような敵機の機銃弾、湾の反対側からの味方の砲弾までが炸裂し、周囲のジャングルにざわざわと音をたて、まことに危険きわまりない。

大声で伝令に情報を伝えている最中に、伝令の復唱の声がふと途絶えた。「状況の切迫している最中に何をしているか……」と怒って振り向くと、背後の伝令が仰向けに倒れている。驚いて片膝を突き、背に手をかけて引き起こしたが、驚いたような目を上げて弱い声で、「やられました……」。こんな時に、彼にどんな言葉をかけたら良いのだろう……。

「しっかりしろ……痛むか？」、「いえ、痛かありません……」

負傷直後は、棍棒で殴られたようで、直ぐには痛みは感じないようだが、見ている間にも唇から血の気が引いて、顔色が青ざめていき、出血はなはだしい。戦場ほど騒がしいところはなく、彼は私の背中に耳をつけないばかりに接近していたが、上から来た機銃弾による右胸部貫通銃創である。通信所の中からこちらを見張っていた兵が、二、三名気づいて走りよって来たので、直ちに医務室に運ばせたが、彼は重傷ながらも生命を取りとめた。弾が腹に入った場合にはまず助からないが、胸の場合には案外に命を拾う。

(39)　砲身と砲弾の不足

実戦においては、平素予想されているよりも、じつに多量の弾薬が消耗されてしまうものである。当地の対空戦闘は、昭和十八年十月から翌年三月頃までがもっとも激しかったが、十八年の暮れには、もう新式で威力のある九九式要塞高射砲四門の弾薬が底をついてしまった。

高射砲としては役に立たなくても、口径の合う砲弾さえあれば、他の目的にでも使いうるかと、海軍方面にまで合う砲弾を探してもらったが見当たらず、遂に砲身を伏せたまま射撃が出来なくなってしまった。これに反して、大半を占める八八式高射砲は、爆撃を受けて破壊されたものも多いが、残った砲も射弾数の過多で、高射砲としては役に立たなくなってきた。

防空学校で学んだ時には、一門につき射弾八百発を越えた場合には砲身を交換しなければならぬと教えられた。だが、ラバウルでは各門につき平均千五、六百発となり、砲腔内の銅の螺線が焼け切れ摩滅して、火薬ガスが漏れ、高度三千で撃っても千七、八百メートルくらいにしか射弾が上がらず、これでは雀脅しにもならない。皮肉なことに、この砲については弾薬は腐るほどに残っている。

いずれにしても、高射砲としてはほとんど役に立たなくなってきた。何とかこれに対処しようと、方面軍にしばしば内地方面からの輸送を陳情したが、輸送船一隻さえままならず、最後は海軍の艦船に頼るほかはないと、海軍嫌いの司令官が重い腰を上げ、私も随行して海軍司令部に行き、陸軍の方面軍司令部からの要請もあったために、ようやく承諾を得た。取りあえず、パラオの基地から砲身八本を潜水艦で輸送するとのことで、天にも昇る心地である。

ところが、この輸送のためにパラオを出発した大切なその潜水艦が、途中で行方不明になってしまった。おそらく途中で撃沈されたのであろう。現地の海軍は、この期に及んで虎の子の潜水艦を、陸軍のために失ったと激怒してしまった。

もともとソロモン方面からニューギニアにかけての陸軍の進出は、当初、海軍からの拠点確保の要請があったためといわれているが、戦局が悪化するにつれて、各所での失敗や敗戦の責任をお互いになすり合う形で、出先の双方の上層部の関係がますます悪くなっていったようである。

これに反して下級の兵や将校の間では、このような利害がないだけに、違った世界を覗き込むような好奇心と相手に対する畏敬の念で、お互いに「陸軍さん」、「海軍さん」と呼び合って物などを融通し合い、相互に好意的であった。

官邸山の我々のすぐ近くに海軍の二門の高角砲台があり、そこの中尉の隊長に招かれて、夜など時々、我々もこっそりと遊びに行ったものであるが、それをうちの司令官に見つかって、「あんな奴らのところなどへ、なぜ遊びに行くか……」と、さんざんに絞られた覚えがある。

海軍官廷山砲台長（前列右端），斎藤（後列右端）

しかし、彼の部屋に入って彼が奥の戸棚を開けると、見たことのない洋酒の瓶がずらりと並んでおり、いったんその封を開けた以上、呑んだ後にまた封をして取っておくようなことは、士官は絶対しないと聞かされて驚いた。艦内で生活するためでもあろうが、イギリス海軍の伝統をうけて兵と士官との格差が大きく、貴族並みである。

一度だいぶ離れた海軍部隊に連絡に行き、遅くなったため泊めてもらったことがあったが、さっそく当番兵が来て世話をしてくれ、露天の風呂に案内された。「背中をお流ししましょう……」と言われてちょっと驚いた。陸軍でも当番兵はおり、洗濯や食事の世話、靴磨きなどはしてくれるが、それ以上の細かいサービスはない。当番兵にとっても、陸軍の将校は珍しいと見えて、背中を流しながら色々なことを聞いてくる。

「陸軍では、士官も兵隊も食事は同じだと聞いておりますが、本当でありますか？」

「陸軍は、戦闘中は将校だって、自分の背嚢を担いで、歩くくらいだから、食事もまったく同じだよ」

「はぁぁ？」、彼にとっては驚きであったらしい。

当時の現地では、極度の食糧不足のため、陸海軍とも甘藷が主食になっていたが、海軍では士官用に収量は少なくても美味《うま》い藷を特に作っていると聞いて、いささか呆れた。

呼び方でも、陸軍は上級者にはかならず「殿」をつける習慣があるが、海軍では上官でも官名の呼び捨てであり、背後からいきなり「斎藤少尉！」と大声で呼ばれると、当方は上級者と間違えてとびあがってしまう。官名でも陸軍では「大尉、大将」であるが、海軍では〔ダイイ、ダイショウ〕と発音するようだ。

第八部　包囲下の籠城作戦

（40）洞窟陣地と千早城

ニューギニア北岸沿いにマッカーサー軍のフィリピン方面への進攻が進むと共に、敵は機動部隊を集中して十九年の二月十七、八の両日、内南洋の日本軍最大基地トラック島に対し、四百五十機をもって九回にわたる猛襲を加え、所在の艦艇、輸送船など五十隻を撃沈、飛行機二百七十機を破壊した。

増援を絶つためか、十九日にはラバウルにも大空襲が行なわれている。トラック島基地はこれがためほとんど戦力を失い、その補充のためか、三月二十日にラバウルにある海軍の全航空機をトラックへ引きあげるとのことになった。

これによりラバウルの航空戦力は零となり、対空的には高射砲などのみとなったが、これもまた敵の集中的攻撃作戦を受けて破壊や消耗がはなはだしく、この年の中頃以降はほとんど役に立たなくなってしまっている。したがって、基地の上空は敵機の跳梁に任せる形となり、昼夜を問わず敵二個編隊（八機）が交代で上空を哨戒して廻り、車やわずかの人影を見ても、容赦なく激しい機銃掃射を浴びせてくる有様である。

敵軍の前進によって、ラバウルは厳重な包囲下に敵の後方に置き去りにされた形になったが、すでに豪州軍を主とした相当な敵部隊が、この島にも上陸して間近まで迫っており、いつラバウルに対する大規模な侵攻作戦が開始されるかもわからない。方面軍司令部は、敵の上陸に備えて指揮下各部隊に、敵の主攻撃が東側から来る場合の「戦策甲」と西側から上陸してくる場合の「戦策乙」の作戦を立てて、堅固な防御陣地の構築と部隊の配置変えを命じ、総司令部自身も湾岸からやや奥に入った姉山山麓の図南嶺の山襞を利用して、複雑、大規模な地下陣地の構築にかかった。

山の峰の片側の谷から反対側の谷に抜ける洞窟を横に何本も造り、さらに嶺の下の地下深くにこれらの横の洞窟を縦に繋《つな》ぐ二本の広い地下通路が造られている。内部には発電装置により電燈が点けられ、司令官以下の兵員の居室、水道、便所などが設備された驚くべきものが構築され、防諜名で「千早城」と名づけられた。

これにともなって、各部隊ごとに防御陣地の築造が急がれ、通信線も砲爆撃による断絶を防ぐために、通信壕を掘って内部に入れて保護せよと指示された。防空隊も対空戦闘をほとんど停止して、洞窟掘りや通信壕掘りの土木作業の連続である。火山灰が固まったような地質であるから、比較的掘りやすくはあるが、それでも見る見るうちに作業員の十字鍬（ツルハシ）が擦り減ってきて、先端を叩き伸ばしては何度も使用し、砂を掻くシャベルも不足で、ドラム缶の空缶を切って作製したものが多いが使いづらい。

内地からの輸送杜絶で、食事は極度に少量粗悪となり、またほとんど全員がマラリアに罹病して体力が弱っているところへ、連日の高温多湿下での土木作業は、兵にとってまことに苛酷な重労働である。

工事の進行にともなって、方面軍あたりから参謀たちがしばしば現地の進捗ぶりを視察に来るようになったが、視察を受ける部隊長たちにしてみれば、部隊の食料が極度に乏しくなっていても、上級者である彼らのために何とかご馳走を作らねばならない。半分はその目的で来るのではないかとの僻《ひが》みもあって、兵たちの間に、「横暴、無謀、乱暴の参謀が、飯食い過ぎて死亡する、泥の沼部隊に、運の月（尽き）部隊」（沼、月は、ラバウルにあった第十七師団と第三十八師団の防諜名）という落首が流行《はや》ったのを、参謀たちはご存知であろうか？

もともと当基地には、セメントや鋼材、鋼板のような堅固な築城材料がほとんどない。山腹に穿《うが》った洞窟は、兵員や銃砲を砲爆撃から遮蔽するにはよいが、応戦、攻撃には不便で、海岸地帯の塹壕などは、椰子の丸太の上に土を被せた程度に過ぎず、海空からの砲爆撃を受ければ一度に吹き飛んでしまうであろう。

対空射撃が不適となった高射砲も、その発射速度を買われて海岸陣地に移動し、敵上陸用舟艇射撃にあてられることになり、飛行隊が退去して残っている多数の航空爆弾は、有線で起爆できる海中爆雷に改造されて沿岸に敷設された。

しかし、当地には敵も知っているとおり、我が方に口径十五センチ以上の火砲はなく、兵員だけはソロモン、ニューギニアからの後退兵も含めて十万人弱がいるものの、兵器・物量上で大差がある陸海空からの敵の総攻撃を受けた場合に、果たしてどの程度の維持抵抗をなしうるものであろうか？　実質的には一、二ヵ月ももてば良いほうではあるまいか。

(41) 対空挺隊の編成

対空射撃能力を失った高射砲隊などの防空各隊を、如何なる新任務につけるべきかが大きな問題となった。この点についての方面軍からの示達がなかなか来ない。防空隊以外の各部隊は、命ぜられた地域の防御施設の構築に掛かりきりであるが、防空隊は手を拱《こまね》き、特に癇癪もちの我が司令官は、毎日いらいら続きである。

ある日、河合大佐自ら方面軍参謀部に問詰に出向いて行ったが、ここのところ参謀たちとは折り合いが悪く、特に高級参謀の辻大佐とは仲が悪い。またまた、喧嘩するばかりで、帰ってきて鬱憤やるかたなく、側にいた私が呼びつけられた。

「参謀どもはのらりくらりと逃げるばかりで、何を言っているのか分からん。疑問点はここと……ここじゃ……。斎藤、貴様が明日行って、辻参謀自身にもう一度、しっかり聞いてこい！」

私は目を白黒……。大佐殿が論争して埒が開かぬものが……私のような者が行って返事が

辻政信参謀

貰えるものかどうか？　仕様がないから翌朝、出かけて行った。参謀部の元の建物は爆撃で吹き飛ばされて、山腹の洞窟の前に板葺きの高床式の仮小屋が出来ている。

衛兵の案内で末席のドアを明けて入ると、長方形の二十畳ぐらいの部屋の一番奥に辻高級参謀の机があり、両側の窓際に添って参謀たちの机が並び、部屋の中央には別に長い机が置かれて、参謀たちが後ろを向いて椅子を寄せると、直ちに合議が出来るようになっている。

ちょうど長い机に向かって協議している最中のようであったが、入り口に立って、「防空隊司令部から斎藤少尉、辻高級参謀殿に用事があって参りました」と告げると、参謀たちが目の色を変えて、一斉にこちらを振り返った。うちの司令官は頑固剛直で知られており、昨日のことがまだ尾を引いているらしい。

末端の少佐参謀が、「高級参謀殿に、何用があって来たのだ？」、「防空隊の新しい編成の件で、次の点を直接、高級参謀殿から聞いて参れとのことであります」

途端に奥の中佐参謀が大声をあげた。

「軍の編成に関しては、不肖この〇〇参謀が担当しておる……。それを何が故に直接、高級参謀殿に訊《き》けというのだ？」

「は、河合大佐殿からは、以下の点につき

直接……高級参謀殿に……」、「編成の問題は統帥権にも関するから、そう簡単にはいかぬものだ。それを……」。後は周囲から袋叩きの形で、こちらの論点を述べることもできない。

当の高級参謀殿はというと、長靴のまま机の上に脚を投げ上げ、肘掛け椅子に凭《もた》れて書類を見ていたが、最初にじろりと私を睨みつけただけで、後は一言も口を利いてくれない。河合大佐の頑固で融通の利かぬ点は、当方でも重々承知しており、せめてお前の司令官はここが間違っている、ここを理解しないと言ってくれれば、まだ納得もいくのだが。

質問に行った時機も悪かったのかもしれぬが、総司令官の今村大将に見られる温情と引き比べて、まことに恨めしく思えた。防空隊に戻って河合大佐に事の経緯を復命すると、怒って高級参謀の代わりに私がさんざんに怒鳴られ、こんな割の悪い話などあったものじゃない。

確かに河合大佐は、当時の陸軍部内でも西の河合、東の河合と呼ばれて（もう一人いたらしい）、頑固剛直で評判であったらしく、我が司令部の将校たちは毎日、彼に怒鳴られてヒカガミの伸ばし放しの状態だった。だが、彼自身にはまったく私心がなく、融通は利かないが、正直質実で、良い意味でも悪い意味でも軍人精神の凝り固まりである。

私がまだ見習士官だった頃、前夜の戦闘要報を起案して提出したところ、敵機撃墜に関するくだりで、「敵機は紅蓮の炎を両翼から発して猛火に包まれ墜落……」としたのが目に止まり、「何だこれは？　陸軍には修飾語はいらんのじゃ！　敵機は火を発して落ちたと、簡単に書けばよい」と叱られた覚えがある。

この後、司令部が対空挺隊として西飛行場へ移転した際にも、司令官用の新しい宿舎の設計図を我々が企画して持っていったところ、「宿舎などは、身を入れれば足る。何でこんな大きなものが必要なのだ！」と一喝され、示されたのが一間四方の小屋。つまり一坪の面積の半分が寝室で、四半分を事務机が占め、残りが寝台への上がり口である。これが出来て、我々が報告や当直交代の申告などで毎日行く時には、机側の軒下に立つほかはなく、雨が降ると、軒から落ちる雨だれでずぶ濡れとなり、閉口したものである。

ところが、祝日などで酒が入ると打って変わったように好々爺となり、「斎藤がな……」と腰に両手を当てて反り返り、私が通信所で大声で情報伝達をする真似などをする。今でも懐かしく憎めず、将校たちが何とか彼に酒を飲ませようと努力するが、血圧が高いと言って、なかなか飲まない。終戦間際に彼は、方面軍司令官付きとして今村閣下の下の閑職に追いやられたが、終戦と共に少将となった。閣下はやはり、彼の人柄を見ていたのかもしれない。

防空隊の新任務が決定した。同年八月一日付で第十七師団長の指揮下に入り、敵上陸の際に予想される我が飛行場への敵落下傘部隊へ対処せよとのことで、「対空挺隊」という名称が与えられ、落下傘を描いた黄色のバッジを胸につけることになった。元対空射撃専門の部隊だから、上を向いて戦う役目が良いと考えたのかも知れない。

市街や東飛行場方面は海軍部隊の担当であるようで、もう一つの重要な西飛行場周辺や戦闘機用の南飛行場、トベラ飛行場などに展開して、対空挺隊作戦を練らねばならない。このために司令部位置を、西飛行場付近のジャングル内に移転することとなった。新しい位置は西飛行場中央部の北側に当たり、背後の急な崖を降りて行くと、外港を巡る道路に達する。

（42） 新通信網の構築

対空挺隊としての新任務と指揮下各隊の配置変えにともなって、新しい通信網の構成が必要となってきた。敵上陸時における指揮下各隊への命令や状況の迅速な伝達は、緊要な事項だからである。各隊からの対空挺隊司令部位置への連絡電話線は、それぞれ各隊が担当するとして、西飛行場南方に屹立し、当地域内をもっとも良く見晴らすバルチン山は、市街や湾岸地区が陥落した場合の最後の我が方の複郭陣地となる可能性があり、そこにあるトーマ監視哨と南飛行場のあるココポとの連絡線は、司令部通信班が担当することとなった。

我々は元来、砲兵であるから、必要に応じて被覆線を延伸し、また撤収する有線電話器具はもっているが、これらは通常、道路沿いの樹木などを利用して張線するために、車両の通行や敵の砲爆撃などにより、もっとも損傷被害を受けやすい。敵上陸時においてはいっそうのことであろう。

司令官の意向では、この際、軍通信隊に頼んで道路を避けて目的地まで繋ぐ、電柱を立てての重構成方式を採りたいとのことである。その旨を受けて、通信担当の私自身が図南台にあった軍通信隊に赴き、幹部に掛け合ったが、今や方面軍司令部を始め、各隊からの注文が殺到していて、とうてい貴隊の要請には現在のところ応じられないとのこと。器材はありますかと聞いたら、銅線はいくらでもあるが、碍子《がいし》などの付属資材はほとんどないと言う。

帰って司令官に報告すると、しばらく考えていたが、目を上げて私を睨みつけると、「斎藤、貴様がやれ！」。うへ……またやられた、と思ったが、緊急の際だからやらざるを得ないし、防空隊の対空射撃もすでに停止して、その情報管轄の任務も今はない。

しかし、もともと私は大砲が専門で通信は素人であり、司令部の通信兵も、電柱による重構成などはやったことはない。軍通信隊に頼んで三日間、私が出むいて指導を受け、器材を受領して帰った。といっても、貰ったものは電線ばかりである。通信班員を集めて合議した。あるものは電線ばかりで、電柱は樹木を伐採して作るとしても、多量に必要とされる碍子をどうするか……。

知恵を絞った末、各隊に多量に残っているビールやサイダーの空瓶の、口の部分を折り取って水で溶いたセメントを詰め、中心に五寸釘を通した。立派な碍子となり、十分に実用になる。準備が整ったところで、トラック一台と兵十五名ほどを受領し、一週間分の糧秣を貰って出発となった。

出発前に志願者を募《つの》ったところ、参加希望者続出である。食糧が逼迫《ひっぱく》してきて農産物の現地生産が思うに任せず、窮屈な司令部内で乏しい食事をを得ているよりは、野外に派遣される作業隊についていった方が良いと思ったのかもしれない。

まず、ラバウル南方の山地にあるトーマ監視哨と湾岸に近い西飛行場間の十四キロほどの通信線に取り掛かることにした。作業隊を二班に分けて、西飛行場から南へ山地に向かう班を私が指揮し、監視哨から山を下ってくる班を部下の本明軍曹に指揮させ、双方相俟《あいま》って中間で結合する計画である。道路添いをとらず、監視哨との最短距離を目指すために、初めからジャングル内への突入である。

先頭は四名ほどでジャングル内の進路の伐採啓開と電柱の作製に当たらせ、次の二名が電柱位置の決定と穴を掘っての立柱、残りの兵が電線の巻き伸ばしと碍子などの取付に当たる。

高さ二メートルで四本ほどの柱が立つと、昇柱機を付けた通信兵が柱ごとに上によじ登る。柱の先端に碍子を取り付け、碍子上に銅線を延ばして、私の号令により先方の樹木に縛りつけた張線機で、電線をぎりぎりと巻き上げて張りつめ、号令と共に碍子に電線を縛着して先へ進む。噎《む》せるような赤道直下の酷熱のジャングルの中での作業は、容易なものではない。

私も部下もこんな仕事は初めてのことなので、失敗もまた少なくない。飛行場の側を通った時にゴムの大木の密林があり、その大枝から直径二十センチほどの地上に達する気根が無数に垂れ下がっているのを見て、これは電柱に好適とばかりに切り取らせて車に積んできた。最初にこれを電柱として立てて登らせ、電線を渡して、「張線用意……張線！」の号令のもとに、ぎりぎりと線を引き締めに掛かったところが、兵の中に碍子にすでに線を巻き付けていた者がいたらしく、その電柱がぐ、ぐ、ぐっと柔らかく曲がっていき、最後にボキンと折れた。

その反動で、次から次へと先の電柱が折れて、乗っていた者が全員地上に転落してしまった。呆気にとられたも良いところで、幸いに土が柔らかく、草の上に落ちたために怪我人がなく大笑いとなったが、ひとつにはゴムの木の性質を知らなかったためである。差し渡しが太くても、中身がゴム？　であることには変わりはない。何しろ酷熱下の重労働である。夕方は早めに作業の切り上げを命じ、渓流の側を選んで携帯天幕を張って露営となる。

　ここぞとばかり兵隊さんたちはジャングルに潜り込んで、椰子の実やバナナ、パパイアなどを探して来るから、部隊にいるよりは夕食も賑やかになる。一度、小川に面したかなりの洞窟を見つけて、そこを宿にすることにした。これならば夜中にスコールに見舞われても心配がないはず。

　ところが、昼間の労働に疲れて熟睡していた夜半に騒動が起きた。私は洞窟の奥の小高いところに寝ていたから気がつかなかったが、夜中に猛烈なスコールが来て、川が増水して洞窟内まで水が入り、入口にいた者も眠りこけて腰が水に浸るまで知らず、全員大慌てで食糧や器材の移し替えに大騒ぎ。

　作業が山に近づくにつれて、渓も険しくジャングルも深くなり、作業もなかなか思うようにはかどらない。野生の一、二本の砂糖黍が稀に草の中に見つかることがあり、短く切って全員に分け合い、堅い茎を噛み締めると、久し振りの砂糖の味で疲れが癒《いや》される思いがする。

　或る日の昼前、酷暑の中、全員半裸で作業を続けていたところ、林の間の小道を珍しくこちらに登ってくる人影がある。始めのうちは原住民かと思ったが、近づいて来たのを見て目を疑った。このような未開のジャングルの中では予想も出来ない中年のご婦人で、しかも白人である。我々も驚いたが、先方はもっと驚いて然《しか》るべきで、こちらは髪もヒゲも延び放題で、赤銅色に日焼けした凶暴な？　日本兵の群れ。

ところが、彼女は恐れも取り乱しもせず、私を隊長と見てゆっくり近づき、自分を指差して微笑《ほほえ》みながら「ドイツ」と言った。ドイツならば当時の日本の同盟国だし、おそらく、これが彼女の知っている唯一の日本語だろう。

私は旧制高校では英語を主とする文甲科であったし、大学では法学部の英法を三年間専攻していたので、英語にはかなりに習熟している。英語を使って尋ねてみると、彼女も楽に英語で返してきた。

このソロモン諸島一帯は、もともとドイツの植民地であったのが、第一次大戦のドイツ敗戦後、オーストラリアの委任統治領とされた。彼女の父はドイツ領時代に宣教師としてこの地にやって来たが、彼女もまた修道女となり、約二十年前に十八歳の時に父の後を継ぐためにこの島に来たとのことで、我々の作業しているところを横切ってさらに奥に部落があり、彼女の小さな教会があると言う。

宗教のためとは言え、このような未開の蛮地に若い娘が身を挺して原始的な部族の間に宣教に一生を捧げるということは、我々日本人にはとうてい想像もしかねることである。日本の僧侶にこれほどの宗教的情熱があったならば、仏教ももっと興隆したかもしれない。その後に他から聞いたところによれば、当地にはドイツ系の教会の外に、後からきたオーストラリア系の教会があり、信徒は二派に分かれて対立していると言う。

当初、一週間ほどで出来るかと思ったトーマ通信線は、ほぼ二週間を費やして、ようやく上から下りてきた班とジャングルの中で接続することができた。私自身で監視哨と司令部の両端末へ通話を試みた。両方とも従来聞いたことがないくらいに感度鮮明で明瞭である。周りを取り囲んだ兵たちが一斉に躍り上がって歓声を上げ、初めての仕事の成否を心配していた私も、ほっと一息をついて安堵した。この線は終戦に至るまで、立派にその任務を果たしてくれた。

隊へ戻って三日ほどの休養と準備をし、今度は海岸沿いにココポに至る線に取り掛かった。距離は二十四、五キロある。海岸近くはほとんど椰子林の続きで、幹線道路が通るために人や車馬の往来が激しいし、駐屯する部隊の数も多く、別の意味の苦労も生じる。よその部隊の中を通るわけにはいかず、さりとて街道ぞいに設置したのでは、車馬による障害も多く、また敵上陸の際にもっとも破壊を受けやすい。なるべく海岸線に沿った椰子林の奥に設置することとした。

西飛行場のある丘の上の地帯から始まって海岸に沿う椰子林の奥に入り、延線を開始した。椰子の木は上方に緑の葉が茂っていても、幹は裸で電柱に好適と見て、その幹に直接碍子を打ち付けて線を張り、初日の作業はどんどんと面白いように進捗した。

作業が終わった地点でその夜は露営し、翌朝、作業開始前に昨日張った線で、念のため司令部に連絡を取ったところ、どうしたことか電話がまったく通じない。驚いて線に沿って保線兵を派遣して調査させたところ、各所で線が切断されているとの報告である。

椰子の木の性質を知らなかったのである。夜間など頻繁にスコールが来るが、それにともなう風で、頂上が茂った葉で重いだけに、椰子の木はじつに柔軟に大きく揺れる。きっちり張った電線は至るところで切断。さらに椰子の枯れた下葉が夜間に幹を離れて逆さに滑り落ち、線を切断する場合も多い。椰子の葉一枚と言っても、大きいものは長さが五、六メートルもあり、付け根の部分も堅く拡がり、かなりの重さがある。

とにかく全員の一日掛かりの労作が、まったく水泡に帰してしまった。もう一度、電柱になる木の切り出しから始まって、すべてやり直しである。電線にとって椰子は鬼門とわかったものの、目的地への道程の過半は椰子林の続きであり、なるべく樹々の中間に電柱を配置するようにして進んだが、この後も落ちてくる椰子の葉による断線事故にはさんざん悩まされた。

翌日、次の作業個所に向かうためにトラックに器材と作業員を載せて、私が運転席の側に座り、道路を走っていたところ、後ろに乗った兵隊さんが窓をトントンと叩く。「なんだ?」と振り返ると、「隊長、エンジンが変だと思いませんか……」

「はてな……別に異常はないようだが?」と言いながらふと見ると、道路の側が第三十八師団の糧秣集積所で、筵《むしろ》の下に乾パンの大きなブリキ缶が山積みになっている。

「あ、運転手、エンジンの調子がどうも変だぞ……。ちょっと下りて調べて見た方が良いかな。だが、エンジンは掛け放しで、いつでも発進できるように……」

「え?……、ははあ、そのようで……」と、車を止めて調べに下りた途端、車の上から二、三名の兵がばらばらと飛び降りて有刺鉄線の下を掻いくぐり、素早く車の上に一缶を投げ上げたようだ。「あ、直ったようだぞ、出発だ」

大体、陸軍には「員数を付ける」という言葉がある。兵器その他の備品などは、有事に備えてかならず隊内に規定された定数を揃えて置かねばならぬが、長年の間には紛失したり、壊れたりで足りない物があり、検査などがあると大変である。それを他の隊から無断で失敬してくるのがこの言葉であり、この場合、取った方が悪いのではなく、取られた方が悪いことになっている。軍隊に油断があってはならぬのに、ボサっとして盗まれた方が悪いわけである。

もっとも、戦後になって知ったことだが、当時第三十八師団の経理将校として大学も同期で、第一銀行にも同期に入った私の親友の木村政太郎氏が勤務しており、頻発する盗難に困っていたとの話であるが、後の祭と言うところ。防空隊が第三十八師団の指揮下に入った時もあって、通信の連絡などでかなり師団本部にも行き、一度ぐらいは顔を合わせたかもしれぬが、お互いにまったく気がつかなかった。

海岸に沿った平地が多いだけに、追々と延線の道程も進んで行ったが、もう一つ作業の邪魔になるのが低空を飛ぶ敵の哨戒機の襲撃である。当地の防空砲火がほとんど息を潜めてしまったために、昼夜を問わず二個編隊（八機）ずつが範囲を決めて哨戒し、我がもの顔に低空を跳梁して一、二名の人影を発見しても射撃する。

一度、西飛行場の南側の道路を車で走っていた時、先にいた他隊のトラックが二度、三度と敵機に襲われて炎上し、我々が駆けつけた時には、生き残った運転兵がほとんど半狂乱の状態だった。ほかにも、西飛行場付近で伝令と見られるオートバイの兵が追われ、右へ左へと逃げるのを西部劇もどきに追い廻して敵機が撃ち、固唾を呑んで見まもる我々の前で転覆してしまった。乗っていたのは軍曹で、腹部の貫通銃創でほどなく死亡したが、部隊が判らず遺体の処置に難儀した。

私自身も、延線の進路を決定するために、ジャングル内の作業隊を離れて海岸の椰子林にいた時に、私を発見した敵機が上空を廻り始めた。これはいけないと、敵機が向こうを向いた瞬間に、やや離れた太い椰子の裏に飛び込み、敵機が廻るにつれてこちらも樹の陰をぐるぐる廻り。

見つけかねた敵戦闘機が椰子の葉がざわめくほどに頭上まで降りてきて、しまいには窓を引き開け、防空眼鏡の頭を突き出して下を探している。こちらもいい加減頭に来たが、こういう場合に限って拳銃一梃、持ってきていない。遂に諦《あきら》めて敵機は立ち去ってしまった。

さらに行程が進んで、南飛行場に続く草原地帯にかかり、十数名で作業をしていた時のことである。遙かに離れたところを飛んでいた敵哨戒機が近づき、上空を廻り始めた。我々が発見された証拠である。あいにく広い草原地帯で、ジャングルまで遠く、逃げ場がない。

敵機はいったん東方へ飛んで向き直ると、俄然、作業隊を目標に轟然と急降下を開始した。最新鋭の重戦闘機Ｆ４Ｕである。咄嗟に作業隊を横に広く散開させて、草の中に伏せさせたが、隠れ場がなく身動きすらできない。

敵機の翼端からは七梃の銃砲が一斉に火を噴き、曳光弾の金色の流れがすべて我々に向かって注がれ、周囲の地面にびしびしと弾が音を立てる。「畜生！　本当に俺たちを殺す気だな！」と、これほどまでに敵の殺気を肌に感じたことはない。

敵機は我々に対して、舞い上がっては猛烈な急降下と銃撃を、三度に渡って繰り返して去って行った。草の中から敵機を睨みつけながらも、私の頭の中は部下の死傷を恐れて一杯だった。敵機の去ったのを見届けて、至急に全員を呼び集めて点呼したところ、驚いたことに誰一人死傷した者がいない。まことに僥倖というほかなく、安堵の溜息とともに天に感謝したが、敵はおそらく我々ほとんど全員を殺傷したものと報告したことだろう。

滑稽なことに、私の直ぐ右側にいた小柄なＭ一等兵が、恐怖のあまり自分の鉄帽で眼前の地面に無我夢中で大きな穴を掘ったところ、子供の頭ぐらいのタロ芋がひとつ転がり出していたのには、一同が笑い出してしまった。

作業もいよいよ終わりに近づいてきた日の夕方、その日の作業の終了を宣して夜の支度を始めた頃に、有線班長の本明軍曹が側に来て、このココポ地区に

アメリカ海軍重戦闘機ボート F4U コルセア

陸軍の病馬廠があり、彼の親友がいるので会いに行きたいと申し出た。それは久し振りだろう、朝まで用事はないから行くがよいと言うと、喜んで出て行ったが、夜の十時頃にニコニコしながら帰ってきた。

「斎藤少尉殿、お土産を持って来ました……」と包みを差し出す。「何だこれは？」と開けてみると、バナナの葉に包んだかなりの肉の固まりである。ラバウルに上陸して以来、肉などは給与されたことがないので驚いたが、彼が行った先から気づいて、「あ、これは珍しい、馬肉なんだな……」

彼はとんでもないという顔をして、「いいえ、病馬廠の連中が馬を殺して食うようなことは致しませんので、これは付近で獲《と》れた鹿だそうであります」

「なに？　馬でなくて地元でとれた鹿……。うーむ。成程、シカとは判らぬが、そうらしいな……」

「馬鹿」みたいな話だが、翌朝、さっそく料理をさせて全員で食ったが、正直なところ肉が固くて、期待したほどには美味《うま》くはなかった。よほど老いぼれた鹿だったのだろう。

因みに私自身は馬年である。本明軍曹は、私より二、三歳年上であったが頭がよく、また実に誠実な人柄であって、私のもっとも信頼をしていた部下であった。特に彼の歌声は柔らかく艶があり、夜勤の際など防空壕の外の赤土の塹壕の中に座り、月を眺めながら、彼の唄が嫋々と流れだすと、周囲の者は水を打ったように静まり、敵の重囲下にふたたび帰れるとも思えない故郷を偲《しの》んで涙が流れるほどであった。

(43) 新兵器と珍兵器

完璧な敵の包囲のもとに、糧食や兵器、弾薬の潜水艦による輸送さえ途絶え、万一、敵上陸の際には海空軍の援助もなく、圧倒的な敵陸海空軍に対抗せねばならず、防御兵器の現地での工夫が急がれた。

我が空軍の劣勢がいちじるしくなってきた頃、我が飛行機から、敵大編隊上に落とされる空中爆弾の破裂が瀧のように流れ落ちるのを見て、最初はかなりの効果があるように思えたが、敵戦闘機が乱舞する中を、単機で敵編隊に近づくのが困難であり、また破裂高度の調節も難しいと見えて、幾程もなく止んでしまった。

陸軍でも兵器廠で、タ弾と称するものを見せられたことがある。ドイツから潜水艦で持ち帰った新兵器とのことであったが、約三十センチほどの細長いロケット型の弾体である。吊るした紐を切って落とすと、下にある厚さ十センチほどの鉄塊を、鉛筆の芯ほどの穴で吹き抜いてしまう。どんな構造になっているのかと驚いたが、もしこれを小銃の銃口などにつけて発射できれば、この方面で敵に圧倒されている対戦車戦に非常な威力を生ずると思われるが、それだけの数があるのかどうか。

また、新兵器とは言えぬかも知れぬが、口径一メートルもあるかと思われる巨大な迫撃砲を見て、我が軍にもこのような物があると知った。臼のような砲身の上に冠せた大型の弾を打ち上げると、湾曲した弾道で射程距離は短いが、塹壕や遮蔽物の後ろなどの敵兵の上に急角度で落ちる。爆発力は強大であるが、物が大きいだけに発射速度が問題であり、またこんなものを一発撃つと、敵迫撃砲弾など百発くらいお返しがくるのが普通である。

現地で作りうる兵器も、様々に工夫された。珍品は「爆弾砲」である。我が隊にも二門、見本が届いたので、対空挺隊の将校たちを集めて飛行場で試射を行なった。酸素ボンベの容器の太い鉄管の先を切って砲身とし、底に火薬を詰めて点火孔をつくり、砲弾は航空爆弾の尾翼を切り縮めたものを、砲口から落とし込む。点火孔に火縄を当てれば発射する、いわば「火縄砲」とも言うべきか。真田幸村の「張りぬき筒」に似ているかもしれない。

用心のために壕を掘って砲を入れ、射手はその後ろのタコ壺に入って、火縄をロープで操作する。まず最初の砲を発射してみた。轟然たる爆音と共に付近が爆煙に包まれたが、不思議なことに空を飛ぶはずの砲弾の姿が見えない。爆煙が納まってから壕を覗き込んだら、弾はもとより、砲身も跡形もなく飛散している。砲身の中で砲弾が爆発する事故で、砲兵がもっとも恐れる「腔発」を起こしたのである。

呆れたものの、残っているもう一門も試射を試みた。今度は上手《うま》くいったが、長い爆弾が空を縦になり、逆さになり廻りながら飛んで行くのには目を見はった。あの恰好を見ただけでも、敵は逃げてしまうかも知れない。三百メートルほど先に落ちて爆発したから、一応成功したと見てよいが、着弾の時に垂直に落ちてくれないと、瞬発信管が発火しない恐れがある。

さらに各部隊に命令されて、大量に造られたものが現地製の対戦車爆雷である。ソロモン方面でもニューギニア方面でも、敵上陸の際にはまず水陸両用戦車に先導された上陸用舟艇の大群の強襲を受け、続いて揚陸された敵戦車群に我が陣地を蹂躙されて、対抗すべき近代兵器を持たない我が方が全滅するのが常である。

当地の航空隊が全部撤退したあとに、山ほど残された航空爆弾を解体して、我が兵員が各自携帯できる対戦車爆雷を、少なくとも一人一発ずつ造れとのことで、相当量の爆弾が配給された。

空のドラム缶を半切りにして開いて湯を沸かし、これに二百五十キロ爆弾の本体を浸けると、弾体と火薬を接着していた蠟が溶けて、長大な火薬の塊が滑り出してくる。これを鋸で約六センチ幅ぐらいに輪切りにして、乾パンの空缶から取ったブリキで円盤型に包み、中央に穴を開け、砲弾の瞬発信管を逆さに差し込むと、大型の「踏み落とし地雷」ができる。

作業中に爆発しても他に被害を及ぼさぬようジャングル内の空き地で行なわれたが、作業兵は黄色火薬で、服はもとより肌まで真っ黄色になり、おそらく有毒でもあろうが、代償に貴重な砂糖が給付された。

出来た爆雷に長い紐を付けて、物陰やタコ壺内に隠れ、敵の戦車の接近を待って投擲《とうてき》し、紐で調節して履帯に踏ませる。襲撃する兵員が殺傷される率も高く、また爆雷の火薬量からみて、爆発すれば操作する人員も無事に済むとは思えないが、数名が一度に掛かれば、戦車の一台くらいは斃《たお》せるであろう。

昔、ノモンハン事変の際に、押し寄せるソ連の戦車の大群に対して、対抗手段を持たぬ日本兵が、ガソリンを入れた火炎瓶を叩きつけて防戦したことは有名である。この肉弾的爆雷戦術も、また日本人的な発想であり、もし実際に使われたならば、犠牲者が多くてもかなりの戦果が生じたことであろう。

しかし、この爆雷が出来た後で、敵はいつ上陸して来るか判らぬから、部隊から外出する際には、将校も兵もかならず一個の携行が義務づけられ、私などは外出が多いだけに、細紐で吊るして肩に食い込むその重さと邪魔になるのには閉口したものである。

これ以外にも、壊れた飛行機から取り外されて地上用に改造された機関銃が各隊に配布された。また破壊された飛行機の部品を掻き集めて、ラバウル製の飛行機が四、五機造られ、夜間、虚を衝いて敵の飛行場の襲撃を行なったこともあり、当地への上陸強襲がまだないせいか、敵の重囲と食糧不足の中にあっても、案外に士気は衰えていない。

(44) 馬という奴

ソ満国境の野戦高射砲は、自動車牽引の機械化部隊で、牽引馬は使わないから、私にも乗馬の経験はない。しかし職務柄、外出が多く、部隊に一台だけの司令官用の乗用車を主として使っていたものの、上空が敵機の跳梁に任せるようになって、頻繁に車が襲撃され焼かれる。いかに職務上といっても、補給のつかない乗用車を、自分が使っているうちに焼かれたのでは申し訳が立たない。決心して司令官に上申し、病馬廠から馬一頭を貰うことにした。

幸いに司令部にいた私より二十歳も年上の伊藤少尉は、一年志願時代の野砲の将校であり、乗馬を心得ている。さっそく彼から三日間だけの教習を受けて、もう実用に使い出した。したがって、私の乗馬は正直なところ下手で、その報いを後でさんざんに受けることになる。

しかし、道路上で敵機の来襲があった場合に、車ならば路上に置き放して逃げるほかないが、馬はそのままジャングル内に飛び込んで避けられる。また訪問すべき部隊が空襲を恐れて山上や谷底に潜んでいることが多く、車は降りてからそこまで歩くのが大変だが、馬は人間が歩けるところまではすべて乗ったままで済み、特に兎のように後脚の力が非常に強いから、急斜面の細い道でも楽々と登って行く。

もともと私は非常な動物好きで、犬でも猫でも見ればかならず手を出すが、馬は始めてである。貰ったのは乗馬ではなく、砲を曳く挽馬であったが、馬にこれほど個性があるとは知らなかった。人間以上に感情的で、意地を張る、拗《す》ねる、怒る……それに最大の共通の欠点は、極端に臆病なことである。朝出る時、乗っている者の機嫌が悪いと、それが馬に跳ねかえるのか、馬も機嫌が悪くなる。一日中、上と下とで喧嘩していることもある。

行った先の用事が長くなって、その日のうちに帰れず、その隊に泊めてもらうこともあり、馬に水と草をやることを頼んで、私は寝所に入ってしまうが、馬にしてみれば、自分の巣でもないところに立木に繋がれて、一晩を過ごすのは不安でたまらない。

朝、私が軍刀を吊りながら馬のところに近づくと、馬は喜んで後ろ足で立ちあがり、私に抱き付かぬばかりに嘶《いなな》く。昨日、あんなに両方で喧嘩したのを忘れたのかと苦笑いである。動物好きなだけに、馬にも良く話しかけるが、ある程度は判るようである。

疲れて出張から帰っても、かならず報告を出さねばならぬから、せめて下書だけでも作っておきたいと、帰り道に手綱を鞍に掛けたまま馬上でメモを取り、曲がり角に来ると「右」「左」と声を掛けて指導する。しまいには声だけで動くようになった。道端で作業をしていた海軍の兵隊さんたちが、これを見て笑い出してしまった。ずいぶん不精な将校がいると思ったらしい。

「道草を食う」と言うのも、馬のことだとは知っていたが、まことに思い知らされた。好きな草のところに来ると、蹴っても叩いても離れようとしない。要は躾《しつけ》にあるようだ。落花生を収穫した後に蔓や葉が山になっているところがあって、そこに来たら馬が動かない。たまには十分に食わせてやろうと見ていたが、これだけ美味《うま》そうに食うのなら、飢えている人間も食えるのではないかと、鞍の後ろに積んで持ち帰り、当番兵に茹《ゆ》でてもらったが、とても固くて歯が立たず、馬と人の違いを思い知らされた。

ジャングルの中で猛烈なスコールに遭って、大木の下に駆け込んだが、いつまでも雨が止まず、腹は減るし、濡れそぼれて悄然となり、何で俺は異郷の果てでこんなことになってしまったのかと悲観していたら、馬も首を垂れて悄然としている、主人の気持ちが判るのかもしれない。

馬の臆病なのにも困りはてる。道路の途中に歩兵の深い塹壕があって、人が通れるように、上に狭い木の板が二枚並べて渡してあった。その前に行ったら、馬が脚を突っ張って動かない。渡るのが恐いのである。舌打ちをして馬から下り、手綱を取って長靴でわざとばたばたと橋を踏み、「恐くないよ……」と先導したら、恐る恐る付いてきたはよいが、中ほどでいきなり私の背中を突き飛ばして対岸へ跳ね飛んだ。

馬に体当たりされては堪まったものではなく、私の体は前方に素っ飛んで転がってしまったが、呆れて物も言えない。一度などはほとんど命を落とすところだった。その日は用事を了《お》えたのが夕方となった。腹も減るし、疲れも出るし、一刻も早く家に帰りたいのは馬も人も同じである。馬は帰巣本能が強いだけに、帰り道と感ずると、独りでに脚が早くなる。私も早く帰りたいから駆け足に移った。

いわゆるギャロップで、馬は四足を揃えて跳躍し、御するのも比較的、楽で気持ちが良い。その点、私に油断もあったわけだが、深いジャングル内を走り抜けて前が開けた途端に、いきなり馬が斜め前に跳ね飛んだ。あっと思った時には、手綱も手から離れて前屈《かが》みのまま体が宙に浮いている。

ジャングルを外れた直ぐ右側に、奇妙な形をした海軍の藷畑の監視小屋があり、それに驚いたのである。相当なスピードで真っ逆様に落ち、途中で馬の後ろ脚の膝で顎を突き上げられ、裏返しとなって地上に激しく叩きつけられた。しばらく失神していたようで、気がついた時には辺りはもう薄暗くなっていた。頭がズキンズキンと猛烈に痛み、前歯が途中から二本折れ、下唇を深く嚙み切って、下顎は血塗《ちまみ》れである。

助けを求めるにも付近には部隊もなく、人影ひとつない。馬はどうしたのかと見ると、主人を落として済まないと思ったのか、逃げもしないで近くで草を喰っている。捕らえて引っ叩いたが、馬にすれば落ちた方が悪いと言うのかもしれない。飛び散った眼鏡や帽子や軍刀を拾い集めて、ようやく隊に帰り着いたが、よくまあ首の骨を折らなかったものである。

或る時はまた、夜遅く馬上で居眠りをしながら帰って来て、部隊近くで地上二メートルくらいに張ってあった電話の被覆線が首に引っ掛かり、大声で止まれと言ったら、馬がかえって驚いて走ったので、首吊りのまま地上に落ちてしまったこともあったが、この時は大したこともなかった。

（45）飢餓と疫病

ラバウルに食糧危機は急速に迫ってきた。私が当地に来た頃の昭和十八年六月頃は、事態はまだそれほどまだ緊迫しておらず、酒、煙草、甘味品に至るまで、給与は比較的潤沢であった。煙草などは、シンガポール方面で鹵獲《ろかく》したものか、ラッキーストライクなどが配給された。

ソロモン、ニューギニア方面への我が軍の総補給基地であったがために、糧秣の備蓄も多かったようであるが、同年十月初めから開始された連合軍の総攻撃により、ラバウルとその周辺は連日完膚なきまでに繰り返し爆撃され、特に椰子林内に集積されていた糧秣の山積は、炎々と七日以上も燃えつづけてほとんど焼尽してしまった。

十八年の年末からは、後方からの補給がまったく絶え、潜水艦による連絡さえ困難となった。加えてソロモン、ニューギニア方面からの後退部隊が当地に流入して、口数は十万弱に達し、食糧を焼かれた後の飢餓に、ますます拍車をかけることになった。

もともと当地の住民は、天然の産物だけで足りていた原始未開の地で、原住民の部落では、畑一枚作ることをしていない。方面軍司令部では、この事態を予想して、現地自活を各隊に奨励していたが、平野部がきわめて少なく、ジャングルの密生した火山灰地の開墾は、敵機の絶え間ない妨害もあって容易なことではない。煙が上がれば、かならず敵機が襲撃して来るから、一日分の食事は夜のうちに作り、朝三時頃から農耕へ出発である。

主作物は甘藷であり、熱帯地だけに蔓葉がよく繁り、三ヵ月で食用になるが、最初は繁茂するのを見て歓声を挙げていたら、収穫時にほとんど芋が付いていない。蔓葉の繁茂に養分を吸い取られてしまい大失敗で、生長に従って蔓返しや適当に蔓葉の切除が必要だ。しかし、甘藷のお陰で我々は長期の籠城を生き延びられたということもできる。別に陸稲《おかぼ》も作ってみたが、敵の爆撃に遭うと、せっかく実った籾が飛散し、何にもならない。

熱帯地だけに草木は繁茂しているが、食用になる野草は意外と少なく、特に脂肪や蛋白の補給源となる動物食がほとんど口に入らぬため、カルシュウム不足でほとんどの人間が歯を酷くやられた。蛇や蛙、とかげ、鼠、蝸牛《かたつむり》などを見つけると、兵隊さんは目の色を変えて確保に追い回す。

一度、夜間に宿舎の外でドサっと激しい音がしたので出てみると、高い樹の枝にぶら下がっていた蝙蝠《こうもり》を大きな蛇が襲って、足を滑らし……？　巻いたままで共に地上に落ちて延びている。兵隊さんにとっては天から食事が降ってきたようなもので、大喜びである。

所属部隊長の自隊の農耕に対する理解度にもよるが、現地に長く駐留していた部隊の現地自活はともかく、新たに移動してきた部隊などにはその準備がなく、食糧の補給に窮迫することになる。

私が通信線構築作業の途中で連絡のため司令部に帰った時に、農耕を担当していた菅少尉が私を摑まえて、「斎藤、貴様、外へ行っていてよかったなあ……」、「どうしたのだ？」と聞くと、陣地近くに畑を開墾したのを司令官に見つかって、将校全員が集められ、「貴様らは藷《いも》、藷、藷、藷と気が狂ったのか？　軍隊が兵の訓練を忘れて戦《いくさ》ができるか……」と、持っていた杖で一人ずつ殴られたと言う。しかし、或る部隊では、農耕による自活が上手くいかず、部隊を養いきれなくなって、経理の将校が自殺した例まで出てきた。

我が隊でも最初は失敗が続いて薩摩藷も満足に出来ず、植えて三ヵ月にも満たない小さく細い藷二本か三本ぐらいが一食となり、朝イモ、昼イモ、晩イモ、翌日の朝イモ、昼イモ、その二日目の夕食にようやく小さな茶呑み茶碗に摺り切り一杯のイモ混じりのボロボロの外米の飯が渡された。それでも「銀めし、銀めし……」と喜んだが、絶え間ない飢餓の苦痛に曝《さら》される。腹が減っては、戦どころではなく、士気や紀律までも落ちてしまう。

方面軍で下士官教育があり、そこに派遣された隊内の下士官が夜、こっそり私のところへやってきた。「最近、士卒の風紀が乱れがちであるが、それを粛正するには如何にすべきであるか？」という宿題が出て困っていると言う。私は笑い出してしまった。「そんなもの簡単じゃないか、論語にあるよ。衣食足りて礼節を知るとね」。彼は感心していたが、私にとっては、精一杯の皮肉のつもりである。

人間最大の本能である食欲が満たされない場合の「飢餓」の恐ろしさは、経験した者でなければおそらく判るまい。それも一日や二日の飢えではない。当地の場合一ヵ月、半年、一年……と続く飢餓状態に、必死で耐えて行かねばならない。夜間ぐらいは忘れ去ることが出来るのかと言うと、そうではなく、寝ている間までも飢餓感に苛《さいな》まれる。敵機の襲撃があって対空戦闘が起こると、緊張して必死となるだけに、その間だけは飢えを忘れており、飢《ひも》じくなると、また敵機の来襲があってくれればと願うほどである。

人間関係もとげとげしくなり、各班から交代で炊事当番兵が炊事班に出されるが、それが自班分により多く盛り付けると喧嘩になり、とうとう炊事班で手製の木の秤《はかり》まで造って人数に応じて正確に盛り分けることになった。そうでないと各人が承知しなくなり、熱い食事を食べるなどは望むべくもない。

マラリアなどに罹病している者は、さらに体力を失って症状がいっそう悪化し、周りの戦友に体の震えを押さえてもらいながら、しまいには口から泡を吹いてこときれる。敵機の目を避けた薄暗いジャングルの中の茅屋で、額に濡れ手拭いを当てがうだけで、薬もろくに与えられず、次から次へと蛆虫のようにバタバタと斃《たお》れていく。これを内地の親兄弟が知ったら、何と思うだろうか。悲惨の極みである。

私も、プライドがあるから、人の前でこそ飢えを口に出さぬが、外出するたびに食えそうな物に目が走る。椰子林の中に入り枯れて落ちた椰子の実の殻を割って、内側のガリガリと堅いコプラを齧《かじ》りながら、辛うじて飢えを凌いでいた。ジャングルの奥で実の付いたパパイアの樹などを見つけると、誰にも言わず秘密にし、熟する頃を見計らって、こっそり行っては一個ずつ採って腹を満たしていた。

海はあっても、敵哨戒機の執拗な妨害で漁労ができず、動物性食品が取れぬために極端なカルシュウム不足でほとんどの人の歯が駄目になった。私も或る朝、芋を食っている時に、虫歯でもないのに奥歯がゴボっと陥没し、指で探ると大きな穴になっている。歯の神経が剥き出しになっては堪まらぬから、持っていたクレオソートの大きな丸薬を詰め込んだら、一つの臼歯に十五粒も入ったのには驚いた。

兵隊さんは血眼になって、食える動物をすべて追い回す。鼠、蛇、蝙蝠、とかげ……はもとより、朽木の穴の中にいる蛆虫までも、針金で引き出し炙《あぶ》って食った。これは割といけるものだ。蝦蟇《がま》の疣《いぼ》には、ガマインという毒素があるから注意しろと、方面軍から注意が出たほどである。

一度、当番兵が大きな蝸牛《かたつむり》を数匹捕らえて茹《ゆ》で、皿に盛り持ってきてくれたことがあった。醬油も粉味噌も尽きて調味料は塩しかなく、これは有難いと口に含んでガブリと嚙んだら、煮てあってもヌルヌルが口一面に拡がって来て目を白黒、げっと言ったものの、勿体ないから無理に呑み込んだが、さすがに二匹目に手をつける気はしなかった。考えてみると、あれは何か殻を取ればナメクジとまったく同じはずである。フランス料理のカタツムリは、陸の巻貝のようなものではあるまいか？　私は大学時代は柔道が過ぎて肋膜をこじらし、病気がちであったものの、元来、骨太のがっしりした体格で、百数十名いる司令部の兵員の中で、最後までマラリアに罹《かか》らなかったのは、司令官と私と斎藤という上等兵のみだった。だが、遂に私もやられて高熱を発し、三、四日後には立ち上がることすら出来ない。

中国本土や満州にもマラリアがあるが、日本でも徳川時代から瘧《おこり》という名で知られている。マラリア蚊の媒介によって、菌が血液内に入るが、この蚊に刺されても、そこが膨《は》れもせず痒《かゆ》くもないので、いつ感染したかも判らない。血液内で菌が爆発的に増殖するたびに高熱が出て、その発熱の周期によって「二日熱」「三日熱」などと呼ばれるが、当地では熱型が不規則でもっとも悪性とされる「熱帯熱」に犯されるのが通常であり、日本兵はもとより原住民もほとんど全部が罹《かか》っている。

その症状は、最初にまず激しい寒気《さむけ》と悪感《おかん》に襲われ、酷い時にはそれが三時間から五時間くらいも続き、その間の苦しさは名状し難い。本当に寒いのではなく、毛布を何枚掛けても駄目で、むしろ体の上に他人に乗ってもらった方が楽である。その挙句、体内を火柱が突き抜けるように熱が上昇し、摂氏四十度を越える場合が多い。何度も繰り返すと、しまいには癲癇《てんかん》に似た症状を起こして、全身が震え、硬直して口から泡を吹いて死ぬ。

これに罹《かか》ると、体力はもとより気力まで急速に消耗し、二週間くらいで一応回復はするが、月に二回も発病すると、廃人状態となってしまう。特効薬はキニーネで、「アクリナミン」または「アテプリン」という名の黄色い薬が与えられていたが、それもほとんどなくなってしまった。また、この薬は副作用が強く、服用していると、肌色が異様な黒黄色となり、気味の悪い、いわゆるマラリア色に変わってくる。

私も給与の良い満州の国境で肥るだけ肥って、当地に来た時には体重が七十キロ以上あったものが、栄養不足とこの病気で五十キロ台にまで下がってしまった。高熱で練兵休となり、草葺《ぶ》きの宿舎で独り寝ていた或る昼下り、入口の方で何かごそごそと音がする。見ると、入口の框《かまち》に両脚をついて長さ一メートル余もある灰色の大蜥蜴《おおとかげ》が内部を覗いている。飢えのためでもあろうが、何と私にはこれが昼飯に見えた。

何とか仕留めたいと、枕元にある軍刀をそろりと抜きに掛かったが、弱った体ではとても彼に追いつくことはできまい。拳銃を引き寄せてそっと弾を込め、半身を起こして狙いにかかると、気配を察してスルリと外に逃げた。逃がしてなるものかと、摑まりながらよろめく足で忍び寄るが、彼は時々、止まっては後ろを振り返り、草藪の中をさんざん私を引き回した挙句、逃げ切ってしまった。肩で大息をつきながら、やっと元の宿舎に帰り、寝床に転げ込んだが、昼飯《とかげ》に逃げられた口惜しさは今でも忘れない。

これらの大蜥蜴には、部隊の大事な鶏小屋がしばしば襲われたものである。夜中に鶏小屋の方でけたたましい鳴き声と大騒ぎが起こり、兵隊が銃を持って駆けつけると、柵を破って鶏を咥《くわ》えた大蜥蜴が逃げる。ざざざっと草の間を疾風《はやて》のように走り、とても摑まえうるものではない。蛇の肉は青臭くて良くないが、蜥蜴はややかしわに似て、まだしもましなのに。

ある夜半のことである、発熱と激しい下痢の苦痛に襲われて寝床を這い出し、宿舎からかなり離れたところにある便所まで、よろめきながら出て行った。便所といっても、横長に二メートルくらいも土を深く掘り込み、板を渡し周りを囲っただけのものであるが、ろくに物も食べていないのに激しい下痢が続き、二時間あまりもしゃがみ込んだまま、最後には立ち上がることも出来ない。辛うじて衣服だけは着け、這いながら、側のジャングルの中へと入って行った。

精も根も尽き果てて、いよいよ俺もこれが最後になるかもしれないと覚悟せざるを得ない。どうせ死ぬなら、もっとさっぱりしたところで一人で死にたいと、さらに森の奥へとのろのろと進み、上空がやや開けたところで大木の根方で横になった。月は中天にかかって、皓々と地上を照らしている。赤道上では光が空気層を直角に通るせいか、月の形は小さく見えるが、光は新聞が読めるほどに明るい。体は衰弱しても、頭だけは冴えている。

何とはなしに、ナポレオン戦争のモスクワからの敗退を考えた。征服した近隣諸国も加えたナポレオンの五十万の大軍が、想像を絶する酷寒に襲われて悲惨な敗退となり、無残な死者、落伍者を残しながら、本国に帰り着いたのは僅か三万であった。ここは炎熱の瘴癘《しょうれい》の地であるが、悲惨の中に死んで行った兵士の気持ちは同じことであろう。

気力も萎《な》えて、もう痛さ苦しさもほとんど感じず、この月が今、日本の内地をも照らしているのかと思い、「ああ、もう九十九・九パーセントまで、我が故郷へ帰ることは叶うまい。

だが……もし残りの〇・一パーセントで万一、日本へ帰れたら、どんな嫁さんがいったい来てくれるのかなァ」。苦しみもあまり感じなくなった体で、他愛もなくそんなことを考えていた。死の迫った際の、優しいものに対する憧れであろう。

そのまま三、四時間も打ち伏していただろうか、暁近くなって空気も冷えてきて、いくらか気力を取り戻し、もう一度生きる努力をしてみようと思い直した。重い体を引き摺《ず》って、ようやく宿舎まで辿り着き、自分のベッドの中へ崩れ込んだが、他の者は寝ていて、このようなことは知らない。あの際に「もう、駄目だ……」と絶望して自らが諦めたら、おそらくそれが死に繋がったことだろう。人間の最後が来るかどうかは、生きようとする本人の執念にもあるようだ。

第九部　降伏・終戦

(46) 戦線北上と伊藤少尉の死

昭和十九年の春先となって、当地の防空隊もその機能をほとんど失い、主戦場はフィリピン、内南洋方面に移って、ラバウル周辺での戦況は敵の包囲下にますます窮迫してきた。南に隣接するブーゲンビル島では、上陸した米豪軍がタロキナを中心に強固な橋頭堡陣地を作り、周辺の日本軍を圧迫して次第に追いつめた。これに対して同地の第十七軍（沖部隊）は、残存兵力を結集して隠忍準備のうえ、三月八日を期してすべての人員、火砲と器材を隠密にタロキナ周辺に接近させて、最後の総攻撃を行なった。

しかし、敵の一陣二陣は突き破ったものの、敵火力と戦車群に攪乱され、戦力の差は如何ともし難く、破滅的な打撃をうけて、この作戦は三月二十五日頃までに終息してしまった。

ふたたびニューギニアへ渡るべくこの島の南西ツルブ付近まで進出していた私の原隊の五十大隊主力も、その後、困難な退却行を重ねながら、五月七日にようやくラバウルに帰ってきたが、六月に入るや敵は大部隊をもって内南洋のテニアン、サイパンの島々に上陸し、我が居留民の婦女子まで二万をも含めて、全滅に至らせる悲惨な戦闘となった。

方面軍参謀部には、その後も連絡のために時々出かけていったが、三月頃であったろうか、このところ辻参謀の机が空いたままで姿が見えない。知った将校に、「高級参謀殿はどちらか御出張でも?」と聞いたら、「あの人は内地に帰ったよ!」との返事に茫然となった。壊れた部品を集めて当地で組み立てたラバウル製の飛行機で、パラオ経由で帰ったとのこと。

上からの命令による形かも知れないが、彼の作戦のもとにこの方面だけで何万人もが死に、ごく最近にラバウル全軍にも玉砕命令に近い指導が出たばかりだが……。側で聞いていた中佐参謀が、「あのような偉い人をここで死なすのは、惜しいのだろうよ!」と吐き捨てるようにいったが、その後、彼は中支南京の司令部に配属されたとの話を聞いている。

ラバウル南部の敵と接する前衛陣地においては、双方の小競合いが繰り返され、昼間は敵の重火器に妨げられて近づけぬが、夜間になると十名内外の小部隊に分かれて当方からの肉薄斬り込み攻撃が盛んに行なわれた。もちろん襲撃に参加したほとんどの者が倒れて、帰れる者は少なかったが、飢えた日本兵の食糧欲しさもあったようだ。これに懲りて敵兵は、前線に照明燈や警戒犬まで配置し、音を立てれば瀧のように乱射を浴びせる。

私も一度、夜間にこっそり司令官のところに行って、この斬込隊に参加したい旨を願い出たことがあった。籠城が長引くにつれ、飢餓や疫病で体が弱って、ジャングルの中で惨めに死んで行くよりは、軍刀を振り翳《かざ》して派手に突撃し、蜂の巣のように射ち抜かれて死ぬほうが遙かに立派のように思えたからである。申し出を受けた司令官は、目を三角にして怒った。

「貴様、死ぬ時はいつでも死ねるんじゃ！　何も、今すぐに死に急ぎをする必要はない！ならん」。お蔭様で蜂の巣にはならないで、今まで生きていられたようで、これも司令官のお陰というべきか。彼にしてみれば、頼りとする将校が次第に減ってきている現状で、唐突にこんな申し出を受ければ、怒るのが当たり前かも知れない。

ジャングルに隠れての隠忍自重と現地自活の農耕に明け暮れる中で、昭和十九年も暮れて昭和二十年となった。正月元日の朝、鶏小屋を襲いに来た大蜥蜴を、兵隊さんたちが防空壕に追い込んで捕らえた。黒い皮膚がぬめぬめした気味の悪い代物であるが、元旦早々、縁起が良いと、大きなガラス壜に入れ、医務室にあったフォルマリンに浸けられて司令官室に飾られた。だが、正月の二十三日に椿事《ちんじ》が起こった。朝食の席上で、向かい側の伊藤少尉から、私に声が掛かった。

「斎藤君、今日は爆弾を埋設する作業をしなければならんのだが、マラリアで作業員が不足して困ってるんだ。司令官も今日は見に来るといっているし、あんたが一番人員を握っているんだから、なんとか二、三名を都合してもらえんかな？」

飛行場の滑走路の周辺に、敵の落下傘降下部隊に備えて、航空爆弾を地雷代わりに埋設する作業である。

司令部は情報と通信の固まりのようなものだから、その双方を管轄する私が一番人員を多く支配しているのは確かだが、私のところもほとんど全員がマラリアにやられ、夜間四時間交替で二名ずつ勤務させる通信当直員にも不足する有様であった。本明軍曹が「困りました」と勤務時間表を持ってくると、私も目を通して唸りながら、「これは俺にまかしておけ……」と帰し、夜のその時間になると、私が内密で当直の交換手勤務を取ることもしばしばあった。

中には相手の交換手が気づいて、「あ、斎藤少尉殿ではありませんか？ 自分で当直を……」、「いや、斎藤上等兵だよ……で、どの部隊に繫《つな》ぐんだ？」という調子である。翌朝、本明軍曹が気づいて、「済みませんでした……」と謝って来ると、「いや、俺ならば、昼間、通信所で居眠りしていることもできるからな……」と笑ったものである。

二度ほど司令官から、「貴様みたいに猫可愛がりに兵隊を庇《かば》ったのでは、強い兵隊はできない……」と叱られたことがあったが、内地の連隊内ならば、命令だけで兵を服従させることができるかも知れないが、食糧もない、弾薬もないというこの窮境に陥って、命令だけで果たして人間がついてくるものかどうか？ 士官学校の教典に、「部隊がどのような窮境に陥ろうと、将校自身が兵の銃を取って撃ってはならない」というくだりがあり、あくまで将校の威厳を保持するためのものらしいが、士官学校出とは異なり、兵卒の苦労をさんざんしてきた幹候出身の私としては首を傾《かし》げざるを得ない。

その朝、伊藤少尉から人員差し出しの要請を受けて困ったものの、同じ少尉でも彼は一年志願という時代の古い将校であり、出身は東北横手市の小学校の教頭先生で年齢も二十歳以上も違い、司令部にきてからも私を子供のように可愛がって面倒を見てくれた。色白で髭が濃くまことに明朗な人柄で、彼の申し出に背《そむ》くわけにも行かず、無理な人繰りのなかから無線の葛西上等兵と他一名をつけてやり、私は通信所で事務を執っていた。司令部の人員もほとんどが作業に出払い、本部に将校は私一人しか残っていない。

朝食から三十分ほど経った頃、飛行場方向で鈍い爆音がしたが、戦場で爆音などは珍しいことではなく気にも止めずにいたところ、血相を変えた兵隊さんたちが、木の大枝を担架代わりにして遺体を引き摺って来た。驚いて飛び出してみると、何と伊藤少尉と葛西上等兵の遺体である。聞いてみると、地雷代わりに地中に埋めた航空爆弾に、山砲の瞬発信管を取り付ける作業が上手くいかず、焦った伊藤少尉が自ら代わって作業中に事故となったらしい。

爆弾の上に覆い被さる形で作業をしていたらしく、上半身の衣服はすべて吹き飛んで裸となり、顔面は大穴になって特徴のある額際だけが残っている。右腕は完全になくなり、掌のない左腕が肩から皮一枚でぶら下がっていた。葛西上等兵はやや離れたところにいたらしく、全身に破片を浴びているが、穏やかな死顔であった。私が命じさえしなければ、彼も死ぬこともなかったであろうに。

ほんの三十分前まで、朝食の席でお互いに談笑していた人が、こんな無残な姿になるとは思いもかけず、医務室の本間軍曹に多量の包帯を持って来るように命じ、せめて人の形を付けてやろうと、二人で胴体や腕を巻きに掛かった。冷たい遺体にはかなり触ったことがある

が、彼の遺体はまだ暖かく、かえって不気味である。ふと気が付いて、

「本間軍曹、遺骨にするものを取ったほうがよいな」

敵の哨戒機の目が厳しく、煙が立てられないので、近頃では戦死しても指一本をとって焼くだけであるが、彼の場合には両手の指一本すらない。頬から皮一枚で下顎がぶら下がっているのを見つけて、「あ、これがよかろう」と指図した。

「ようがす」と答えた軍曹は、右手で顎を摑んでぎりぎりと捻《ね》じったが、切れない。「うーむ……」と唸ったからどうするかと思ったら、今度は軍靴のままの片足を顔面にかけて、両手で力任せに引き切って尻餅をついた。呆気に取られて見ていたが、衛生軍曹でもさすがに中支戦線帰りの古強者だけのことはある。

公報上は敵の爆撃による戦死と届けられ、伊藤氏は中尉として弔われた。その二日後くらいであったろう。所用で馬に乗って外出し、夜遅くなって暗黒のジャングルの中の小道を、部隊の方へとぼとぼと帰ってきた。道路側に伊藤中尉と葛西を埋めた塚がある。幽霊などは信じたくないが、嫌でも伊藤中尉の顔のない顔が蘇ってくる。

その近くに来て、凝然と暗闇の中に立ち止まった。漆黒のジャングルの奥に、輝くばかりの光の木がクリスマス・ツリーのように浮き上がったのである。二、三秒ごとに消えてはまた輝き、息をするようにあたりを照らす。あたかも死者の霊が集まって話をしているようで、背筋が凍るような思いで馬上に立ち竦んだ。蛍の恋の季節で、その木に集団で集まっていたのだが、内地の源氏蛍よりもさらに光が強く、場合が場合だけに息を呑んで、しばらく見詰

めていた。

伊藤中尉の死については、さらに後日談がある。戦後三十年近く経って私が金融機関講師として国内の各地を廻っていた際に、たまたま秋田県信連の依頼で秋田の農協の講義に赴き、同氏の遺族の場所が分からぬだろうかと尋ねたところ、昼頃には連絡がつき、三日後の講義の終了を待って遺族が迎えに来るという。

講義の終わった日の夕方に、秋田市の会社に勤務している同氏の次男が車で迎えに来てくれたが、車に乗っている間にも、私の心は迷っていた。公には敵の爆撃による戦死であるが、実際には事故死である。着いたところは横手市の在の女郎出という小さな部落の百年以上も経つ農家であった。長男は町の助役をしており、囲炉裏をかこんで一族がすでに集まっており、仏壇の側に少尉時代の軍服姿の若々しい伊藤氏の写真が掲げてあった。

挨拶を終わって、「戦後、誰かお父様の戦死の状況について、知らせてくれた人があったでしょうか？」と尋ねてみた。長男が重い口を開いて、「じつはこの付近の若者で、兵隊でラバウルにいた者があり、復員の際に当家に立ち寄り、恩師が同じ地の防空隊司令部に勤務していると知って休日に訪ねて行ったところが、三日前に死んだばかりだとのことに驚き、死因を聞いたが、司令部の兵隊の或る者は爆撃による戦死だと言い、或る者は事故だと言う有様で、真相が判らぬままに戻った」と言う。この兵隊さんは戦地からは帰ったものの、衰弱がはなはだしく一週間後に亡くなったとか。

「そこまで聞いておられるのならば、真実をお話ししましょう。じつは事故死だったのですが、戦死とほとんど変わるところはありません。降伏直後に方面軍司令部からの厳命で、書類はすべて焼けとのことで私の日記も焼いてしまったために、お父様の亡くなられた正確な日が判らないのですが、昭和二十年の当月一月の半ば頃だったように思われます……」。

長男が黙って、私の前に一通の書類を差し出した。見ると、彼の戦死公報である。「今日、一月二十三日が、祥月《しょうつき》命日なのです……」、「えっ？……」と私は絶句して、思わず床の間の伊藤さんの写真を見あげてしまった。彼に引き寄せられたような気がした。あとは赤々と燃え盛る囲炉裏火のそばで、涙ぐむ遺族の前で夜が更《ふ》けるまで話が続いた。

（47）　生きていた玉砕部隊

伊藤中尉の事故死からいくらも経たぬ三月六日、ニューブリテン島東南岸のジャキノット湾ズンゲンを、海空軍の強力な支援のもとに、敵約一個連隊が奇襲攻撃して上陸してきた。ラバウルから直線距離で南へ約八十キロの近さである。第三十八師団から同地守備のため派遣されて同湾付近に分散配置されていた一個大隊弱が、寡兵劣勢ながら応戦したものの、陸海空からの敵の圧倒的火力の前には抵抗しきれず、散りじりになって壊滅し、残った総員が突撃して全員玉砕したと、方面軍からの発表があった。

しかし、それが伝えられてからだいぶ経って、生き残った兵十名くらいが軍医を長として集団となり、ラバウル前線の部隊に疲労困憊して辿り着いてきた。これをどうするかが軍の参謀部で問題となったようである。敵大軍に突撃して全員玉砕したと華々しく大本営にまで報告した後で、一部たりとも逃げ戻って来たとあっては、軍上層部の面子が立たず、全軍の士気にも関すると見たようだ。

三十八師団の参謀が現地に派遣され、「全員が玉砕したのに、お前たちだけが帰ってきたのは何事であるか？　今から直ちに現地に戻って玉砕せよ！」と命じた。ただ逃げてきたのではなく、悪戦苦闘の末に生き残って辛うじて帰ってきた連中にとって、これは至難の業である。二、三日経っても、彼らが動く気配がないと見て、軍は彼らを取り囲んで自決させた。

同様なことが、昭和十八年、ニューギニアのラエ地区にあった私の出身中隊である野高五十大隊二中隊付近でも起こったと聞いている。敵の大軍がナッソウ湾に上陸して、勇猛を誇る陸軍の南海支隊が第一線となって寡兵よく戦ったが、ほとんど隊の形を成さぬまでに消滅し、生き残った兵が二人、三人と疲れ果ててラエ地区に後退して来る。

彼らが立ち寄った歩兵隊の部隊長が激怒して殴りつけ、「皆が死んだのに、何故お前たちだけが戻ったのだ？　直ちに前線に返って死ね！」と怒鳴ったのに対して、側で見ていた高射砲中隊の兵士たちが騒ぎ出し、その中隊長の浦山中尉が見兼ねて、「うちの兵たちも騒いでいますから、彼らをふたたび死地にやらずに穏便な処置を……」と申し出て、後退兵はようやく解き放され、感謝の目でこちらを見ながら去っていったとのこと（同隊の佐藤弘正氏）。

死地を脱し、戦い疲れて帰ってきた彼らをいたわり労《ねぎら》うことと比べて、全軍の士気に及ぼす影響から見ても、果たしてどちらを可とすべきか？　ズンゲンからの後退兵士に対する処置の噂は、迅速にラバウル中に広がり、聞く人ごとに暗鬱な気分に閉ざされたことは確かである。

(48) 降伏命令と基地の対応

ラバウルの防空部隊は、昭和十七年に当地へ進出して以来、四年にわたる対空戦闘の連続で、対空兵器の補充もつかぬままその破壊損耗がはなはだしく、飛行場周辺に展開して敵空挺部隊に対抗するよう命じられた。昭和二十年四月に至って、独立混成第三十四、三十五連隊などとして歩兵連隊に改編され、河合大佐は独立第三十四連隊長となり、私も引き続き同隊本部付きを命じられた。

しかし、その年二月には連合軍はフィリピン諸島及び硫黄島に上陸して所在の日本軍を掃蕩する激戦となり、四月の初めには沖縄に対する米軍の侵攻作戦が開始されて、多数の住民をも巻き込んだ悲惨な戦闘の末に、五月末には我が方の軍がほとんど全滅して陥落した。欧州方面でも、連合軍の大反攻によって、五月にはベルリンが陥落してドイツが降伏し、日本は世界中を相手として孤立無援となってしまった。

これらの情報は、内地の参謀本部から暗号無線で第八方面軍参謀部へ刻々と伝えられ、情報担当の我々も直ちに知ることができたが、状況の急変に暗澹とするばかりである。八月初めの広島、長崎への原爆投下も、「新たな残虐な爆弾によって多量の死傷者を生じ……」、それが原子爆弾と呼ばれるものであることを知った。学生時代に原子力エネルギーが理論的には膨大な力を持つことを本で読んだことはあったが、それが我々の前で実戦に使われてくるとは想像もつかぬことであった。

八月十五日は朝から好い天気であった。私は翌日からの方面軍主催の将校重機関銃教育への参加を命じられて、ジャングル内に敷いた携帯天幕の上に、隊の九二式重機関銃を借りて数十の部品に分解し、教範を手に一生懸命に研究をしていた。昼飯時になって宿舎に帰って行くと、円座になって声高く喋《しゃべ》っていた仲間の将校たちが、一斉にこちらを振りかえった。「斎藤、貴様、どこへ行っていたんだ?」、「明日から重機関銃教育で……」、「何が重機関銃だ……日本は負けたんだぞ、降伏命令だぞ……」、「えっ?」と言ったまま一瞬、私の頭の中は白くなってしまった。

午前中に緊急召集があって各部隊長が方面軍司令部に集められ、参謀本部からの降伏命令が示達されたとのことである。噂は直ちに広まって、部隊中が騒然となった。午後になって、天幕の上に広げた複雑な重機関銃の部品を、苦労しながら自分でふたたび組み立てるのに、どんなに嫌な思いをしたことか……。

しかし、短時間のうちに方面軍司令部から降伏に関して、次々と指令が出てきた。早急に身の回りの整理が命じられ、敵からの鹵獲《ろかく》品や人事を除いた機密書類、日誌などの文書類は一切焼却せよとのことで、宿舎の前に山のように積み上げられて火が放たれた。

炎々と燃え上がる炎の前に、同じ本部にいた野村少尉は、激情のあまり「もう何も要《い》らぬ」と、軍服から将校行李までも火の中に叩き込み、私は使うすべもなく持っていた給料の軍票の札束を当番兵に渡して、これで飯を炊けと命じた。

　夜になって、最後の決戦用として一ヵ月分保存されていた食糧が開放され、夢に見た山盛りの銀メシと酒と甘味品が配給された。しかし、二年あまりも蛇や蜥蜴で食いつないできた我々の胃の腑には、とうてい受けつけられず、暁方までにほとんど全員が猛烈な下痢に見舞われてしまった。

　一方、流言蜚語も各所に流れ、皇室は満州に逃げて新国家を作るとか、内地その他が降伏しても、ラバウルだけは抗戦を続けて今村王国ができるとか、その場合でも女性がいないから、いずれは全滅のほかないとか……。

　翌日からも方面軍の指令は相次ぎ、連合軍が上陸してくる前に化学兵器などの秘密兵器類は早急に処分せよとのことで、関係部隊は湾外に舟を出して昼夜兼行で投棄にかかった。防空隊には、幸いにそのような物はない。すでに空襲もなく、食糧や酒も渡された日本軍が赤々と灯をともして夜間も作業を強行するために、原住民は最初、どちらが勝ったか判らなかったようだ。

　しかし、平素は温厚そのもののように見えた総司令官今村大将のこの非常事態における迅速果断な処置は、まことに舌を巻くほどに見事なものであった。陛下から全面降伏を命じられた以上、潔くこれに服して盲動することを禁じ、命令規律に違反した者は容赦なく厳罰に処するものとし、全軍、大石内蔵助の赤穂城引き渡しの心境に立って事を行なうべしと示された。

これによって、騒然となっていたラバウル内がピタリと静まった。まず、たとえ降伏するとはいえ、日本軍ともあるものが、敵軍の手によって武装解除されるなどはもっとも恥辱であるから、占領軍が上陸してくる前に自ら武装を解除して、指定された場所に整然と兵器を手入れして集積し、詳細な目録をつけて占領軍に引き渡すべし、と言うことになった。さあ大変、占領軍がいつ上陸してくるかはわからず、昼夜兼行で、敵の来る前に兵器の整理作業を完了させなければならない。

我が連隊本部の中も、緊急の処理に大騒ぎとなった。私自身は各隊の残存高射砲の目録作成と指定地への集積を命じられ、夜眠れるどころではない。各隊ごとに準備を指示し、準備の終わった隊ごとに、私自身出向いて砲車を誘導してココポ地区まで牽引し、海岸の指定された場所に整然と配列を指示する。何しろ長い間、陣地に据え置かれたものであるから、途中でタイヤがパンクしたり、動かなくなったり大騒ぎである。

二日ほどで作業を完了した夕方、各隊の作業員をすべて帰らせてから、もう一度、火砲の隊列を廻ってみた。「火砲は砲兵の生命なり、砲兵はこれと運命を共にすべし……」という命よりも大事なものを敵手に渡さねばならぬとは！　「ご苦労様でした」と、一門ごとに砲身を撫でさすり、目から涙が流れてきた。

毎日のように手入れをし、親しみ、操作をしていると、たとえ大砲という殺人兵器であっても、我が子のように可愛くなるものだ。最後の一門から夜間射撃の小型の電池箱を外して、せめてもの形見にと持ち帰った。

私自身については、七月中頃に中尉昇進の内報がすでに出ていたが、終戦と共に大半の者について一階級上がることになった。続いて、原住民に対する宣撫を早急に行なえとの命令が来た。長い食糧不足のために、日本兵による原住民部落の食糧、果物や家畜などの取り上げは今までにも頻発しており、日本軍降伏と知って復讐に出られては、武器もなくなる状態では困るからである。原住民部落は、今までも情報担当者の管轄であり、これについては私自身が行かねばならない。

当地は原始未開の地で、主として海岸沿いに原住民の小部落が散在し、部落ごとに言葉が違うとのことであるが、南洋華僑が商売上で広めたといわれる土語と極端に訛《なま》った英語が混交した「ピジン・イングリッシュ」という言葉が一般的な用語となっており、原住民の知識階級？　ならばこれを理解でき、私もこの言葉をかなり研究していた。

例えば「食べる」ということは「カイカイ」という土語そのものであるが、「ワラ」は英語の水「ウオーター」が訛ったものである。原住民宣撫の決め手は医療によるのが最適で、私は部隊所属の軍医と薬品を持って、部落へと出かけて行った。

原住民部落には、すでに二、三度廻ったこともあり、酋長とも顔見知りである。「酋長を呼べ！」と大声で命じて、太い椰子の根方に、隊長らしくどっかと腰を下ろしたら、向こうにいた男が走ってきて、「そこはいけない」という。「なぜだ？」と息巻いたら、「上から椰子の実が落ちるから危ない」。いやはや、こちらは素人もよいところである。

疑い深そうに出てきた酋長に、土産の乾パンを渡し、「戦争は終わった。我々は日本に帰るが、薬などももう要らない。マラリア・ボーイ、マラリア・メリーがいたら治療してやるから（軍医の方を示し）、出来るだけ多くの者を集めろ！」と命じた。土語で「マラリア」とは単に「悪い」という意味で、熱病のことだけではない。ボーイ、メリーは男子、女子の意味である。

酋長が周りの者と話していたが、やや間を置いて、いきなり法螺《ほら》貝のような音が起こった。初めてのことで驚いていると、それが部落、部落へと吹き継がれて広がって行き、三十分ほどの間に女子供も混じえて、思いのほかの数十名が集まってきたが、原住民にこんな連絡組織があったとは知らず、いささか空恐ろしい感じもする。

群集の前の小高いところに立って、私はできるだけピジン語を使って、かねて頭の中で考えていた大演説を始めた。

「大きな戦争は終わった。我々は日本の東京へ帰る。東京というのは、天国のようなところだから、物は何でもあり（じつは空襲で地獄のようになっていたのだが）、我々は何も持って帰る必要はないから、今日は日本軍のドクターを連れ、余った薬を持って来た。お前たちを治療してやる。もう武器なども要らぬから、豪州軍にすべてくれてやるつもりだ。さあ、体の悪い者は前に出ろ……」

裸に近い男女が争って前に出てくる。ほとんど全員がマラリアと皮膚病に犯されている。

その時ともなった軍医は、召集で軍隊に入れられ、見習士官とはいえ東京帝大の皮膚科の助手をしていた人で、一介のサラリーマンである私などよりは、よほど社会的地位も高かったであろう。軍隊で軍医になれば、内部での競争もなく、地位も安定しており、傷がある者にはヨーチンを、熱がある者にはアスピリンを与えればよい式に安易な日を過ごしていた人も多かった。現地であれだけ多数の、かつ激しい症例が出ているマラリアなどについても、その研究に本気で取り組んでいたような人はあまり記憶にない。

彼の場合には違っていた。この瘴癘《しょうれい》の熱帯地では、住民はもとより日本兵の全員が皮膚病に罹《かか》っていたが、彼は熱心に研究を繰り返し、自ら花吹山の火山まで出向いて採取した硫黄で、足りない皮膚病薬を多量に自作して塗布した。我々文明社会からきた人間には薬の効き目はあまり良くないが、薬馴れのしていない原住民に与えると、驚くべき効果が出るものだ。

原住民の皮膚病はまったく酷い。腫瘍の悪くなったものは熱帯潰瘍《かいよう》とよばれるが、直径が十センチほどに盛りあがったり、全身が病巣に覆われて、真っ白に見える者さえいる。

「斎藤中尉殿！　ちょっと見てください……」と、彼が言うから側に寄って見ると、彼はぐちゃぐちゃに崩れた悪臭の病巣に、自らの指を突っ込んで確かめながら、「このような種類は、内地では見たこともないもので、多分……」と喜悦の表情で説明にかかる。見ただけで、こちらは「げっ」と胃袋が喉まで込み上げて、「そうか」と言うのが精一杯であるが、この人には本当に感服した。

昼飯時になって、我々が弁当を食いにかかると、酋長が私のところに野菜と椰子の実の汁の塩味のスープを持ってきてくれた。皿は古いヨーロッパ風の、おそらく酋長の家での宝物的なものらしい。皿の底に灰色の永年の垢のようなものが一面に厚くこびり着いているのには怯《ひる》んだものの、食わねば気を悪くするだろうと目を瞑《つむ》って飲み、「旨《うま》い」と誉めておいた。部落の女たちが長い時間をかけて石焼きにしたタロ芋の味は別として、原住民の料理というものは、文明人の舌にはあまり旨いとはいえない。

八月十五日から何日か過ぎ、飛行機は入念に偵察に来ても、占領軍はなかなか上陸して来ない。基地内で、終戦後に日本軍が昼夜を問わず非常に活発に作業に動いていたので、反乱の兆候と疑われたのではないかとさえ思われる。戦争は終わったものの、当地にかなり長く留め置かれる可能性もあり、現地自活の耕地をもっと増やすべきであるとのことで、私が探しに行くことになった。

下士官以下二、三名を連れて、トラックでココポから南へとジャングル地帯を下がって行き、開墾に適するような土地を探しまわる。かなりの草地が見つかったが、もっとないかと、一人で奥へ奥へと離れて歩きまわるうちに方向を見失ってしまった。あいにくの曇天で、太陽の位置さえ判らない。大声で呼んでみても、樹木の中では仲間に届かぬらしく、反響もない。皆が心配しているかと思うものの、心細さも次第に増すばかり。

方向も判らぬままに歩いているうちに日暮れとなり、一軒の住民の小屋に行き当たったが、そこにいた女が驚いて奇声を挙げたために、付近から走り出た凶悪な顔の五、六人の原住民の男たちに取り囲まれてしまった。日本軍敗戦の報は、原住民部落にも知れ渡っており、先日も迂闊に住民の部落に立ち入った日本軍の准尉が、木に括《くく》り付けられて焼き殺されたという噂を聞いたばかり。私の腰には短い蛮刀があるだけで、武装解除後のため他に武器もない。「これはしっかりしないと、とんだことになるぞ」と腹を決めた。幸い、ピジン語はある程度話せる。取り囲んだ男の群れを無視して、首領株らしい大男の前に進んだが、彼は右目が潰れて脂《やに》が出ている。

「お前の目はどうしたのだ?」、「アメリカのナンバ・テン爆弾でやられて駄目になった」、「それは気の毒だ、俺が良い薬を持っている」。ピジン語でナンバ・ワンは「良い」、「ナンバ・テン」は悪いというほどの意味である。

私のポケットに、内地から持ってきたメンソレの小さな缶があり、戸惑いしている彼の肩に手を掛け、押し下げて無理にしゃがませ、潰れた右目はもとより、左の瞼までメンソレを塗りつけた。この文明の薬の匂いと刺激で、彼は目も開けられぬ有様となり、涙をポロボロと流し、「私のはもう駄目だが、女房の目が悪いから薬をつけてもらえぬか?」「よろしかろう」と呼んで来させて目を開けてみると、「そこひ」というのか、瞳が白濁してほとんど失明状態である。「うーむ、これも酷いが、治るかもしれない……」。その他二、三の者にもしてやったが、この人たちに対する薬のキキ目は絶大であるから、案外療《なお》ったかもしれない。

感激した部落民は、砂糖キビの束にカカルク(鶏)の卵、タロ芋までお礼にくれた。そこから海岸近くの日本軍部隊まで案内させ、心配をしていた私の部隊に電話で連絡をすることができた。今考えても笑いがこい込み上げてくるが、ひとつ間違うと、どんなことになっていたか判ったものではない。

㊾　漁労班の仕事

終戦直後の本部は、処理すべきことがあまりに多く、昼夜を問わぬ激務で過労が続いたせいか、私のマラリアが出てまた倒れてしまった。仕事もようやく一段落し、医務室で寝ていたが、司令官から、今度、連隊の漁労班を作ることになり、その班長に任命するから、海岸でしばらく静養してこいとの温情ある指示を受けた。もともと私は新潟の海岸の漁村育ちで、海や舟が大好きである。

さっそく各隊から漁業経験者の下士官、兵十五名ほどが私のもとに集められたが、戦場のこととて漁具もなければ舟もない。これは困ったと……一同を集めて、まず釣針をどうするのかと尋ねたら、一人が「そんなもの、訳ありません」と答えたのには耳を疑った。船舶を繋ぐ太い鋼製のワイヤーをほぐして、ペンチで適当に切断する。針金の元を金鎚で潰せば、釣糸が結べ、先を鑢《やすり》で尖らせ、釣針型に曲げればよいと言う。

魚から針が抜けないための「モドリ」がないがと聞くと、針先を少し内側に曲げれば、十分その代わりになるとのこと、いわゆる「眠り針」である。通信用の細い被覆線にその針を五、六十本も結び付けると、「はえ縄（延縄）」ができる。網は蚊帳や軍用の偽装網を集めて作り、舟は戦闘中に撃墜した敵機から私が押収した救命ゴムボートを当てることにした。

漁労班の位置はラバウル湾の南岸の南崎と決め、小屋を建てて、いよいよ操業を始めることとし、漁労のほかにドラム缶による製塩も開始した。しかし、このあたりの海底は元の火山の噴火口のため火山灰で荒れ果てていて、やってみても漁獲があまり思わしくない。海面が珊瑚礁に蔽われているので、網を引くたびに俄か造りの網が破れて魚が逃げる。

それでも夜間に延縄をかけると、たまには見事な鯛や鮫や名も知らぬ魚などが掛かってくる。鯱《しゃち》のような形で、全身甲羅に覆われた六十センチくらいの怪魚が穫れたり、赤黒い斑点のある胴から下を鮫に食いちぎられた太い海蛇がぶら下がっていたりで、ぎょっとすることもある。

しかし、連隊に送るには、何としても量が足りない。珊瑚礁の浅瀬一面に、無数のウニがいるのを見て、それを集めて塩漬けウニの製造も開始したが、これは美味《うま》い。しかし、一升瓶一本の卵を集めるのに、大きなウニ四百個も潰さねばならず、そのとげに刺されると二、三時間も手が痛み、ずいぶん苦労した。

海底には色々なかたちの五、六十センチもある海鼠《なまこ》が無数にいたが、大半のものはイガらくて食えず、食用になるものは至って少ない。開業後しばらく経って、連隊長が師団長を招待して視察に来たが、その前夜にたまたま見事な大鯛が二尾、延縄に掛かっていたので何とか面目をほどこした。

製塩の方も始めていたが、ドラム缶三本を縦割りにして六基の釜を作り、爆撃で浅瀬に沈んだ輸送船から取ってきた石炭を、燃料として海水を炊く。何回も繰り返すうちに、釜を支えた鉄棒が焼けきれた。部下の下士官と付近の洞窟を探すと、一メートルくらいの六角形の錆びた鉄棒が多数にあったので、それを持ってきて釜の下敷きとした。

翌朝、下士官自身が早朝に起き出して火をつけた途端に、大音響と共に爆発が起きた。何とこれは鉄条網や敵戦車の履帯破壊用の棒地雷であったのだが、砲兵の我々は知らなかったのだ。幸いに彼は、燃料を取りに一、二歩後ろに下がったときで、右目の損傷だけで済み、軍医に頼んで戦傷扱いとしてもらったが、まさに冷汗ものである。

九月に入って、漁労班の位置からも見えたが、数隻の艦艇により、ようやく占領のための豪州軍が上陸してきた。その数日後であったか、石炭が不足して来て、いつもの沈船まで取りに行こうと、三、四名を乗せてトラックで海岸道路を走っていたところ、先方から豪兵を満載した車がこちらへ向かってくるのが見えた。左側は崖で車のすれ違いも難しいところなので、道も譲るべきかと、車を崖際に寄せて止めさせた。

接近してきた豪州の車は、相手を日本兵の一群と知って、五十メートルほど先で急停車し、指揮者の号令一下、兵がバラバラと跳び下りて型どおり散開し、伏せてこちらへ銃を構えた。用心も良いところだが、初めて日本軍を見たのかもしれない。私は前に出て、武装のないことを遠くから明らかにし、通り過ぎるよう身振りで示した。

相手は当方に武装がないのを知って安心したのか、指揮者がふたたび発進を命じたようだが、どうしたことか相手の車のエンジンが掛からない。彼は焦って二度、三度と運転兵に怒鳴っているが、十分ほど経ってもまだ駄目。私は退屈してぶらぶらと前に出て行ったが、日本軍の将校と見て、銃を構えて道路に伏せている豪州兵たちに緊張がはしる。側に寄って、若い兵の一人に英語で話しかけた。

「あんたたち、いつ、ここに上陸したのだ?」、彼は伏せたまま「三日前だ」

ふと見ると、彼の持っているのは、二十発弾倉の新式の自動小銃である。「うーむ、それがオートマチック・ガンか?」、「そうだ」。彼はコチコチになって答えるが、銃口は私の方には向いておらない。

「その銃には、我々日本軍はさんざん苦しめられたが……。ちょっと貸してみてくれんか?」。正直そうなその兵隊さんは、戸惑ったものの、まさかと思ったが実弾の入ったままの銃を、ヒョイと私の手に渡してよこした。逆に相手に向けて連射してやろうかとも思ったが、戦争はもう済んだのだと思い直し、珍しいのであちこちとひねくりまわしていたら、向こうにいた軍曹らしい指揮者が発見してびっくり仰天。血相を変えて拳銃を引き抜き、私に走り寄り、大声で「ヘイ、ゴー・バック!」

私は自分の車に戻ってからも、しばらく笑いが止まらなかったが、気の毒にあの若い兵隊さんは、後でさんざんに軍曹殿から絞られたことであろう。

しかし、敗戦の屈辱は、至るところで生じてくる。近所の漁労班から私が英語が出来ると知って、一人が走ってきて助けを求めた。数名の武装豪州兵がやって来て、掛け替えのない、班のボートを取り上げようとして困っていると言う。遊び道具にでも使う気でいるらしい。

ボートがなくては班の漁労が出来ない。

私が行って、日本軍の将校である旨を告げ、降伏した以上、豪州軍の命令には従うが、個人の要求のみでは渡せない。貴方司令部の正式命令があれば、いつでも引き渡すと突っぱねた。銃に手を掛けて威嚇《いかく》したが、睨みつけて立ち去って行った。

さらに具合が悪いのは、東南アジアから戦時労働力として連行してきた印度や中国の元捕虜兵たちである。終戦と共に立場が逆転してしまった。当然に各所で報復が行なわれ、私が懇意にしていたココポ近くの分駐所の憲兵曹長は、彼らに襲われて殴殺された。故郷の我が子に会えるのを楽しみに、土産まで準備していたのに、哀れと言うほかはない。

私自身も、数名の部下と共にトラックで本部に物資を受領に行く途中、元中国兵たちに道を塞がれ、素直に止まらなかったとの理由で、囲まれたことがある。日本軍に従属中に片言の日本語を覚えているだけに、いっそう始末が悪い。彼らが殴り掛かったこちらの兵たちの間に割って入り、「命令したのは俺だ。殴るなら俺を殴れ！」と進み出たが、将校に暴行すると問題になると思ったのか、私には手を下さない。

怒りに震えている部下たちに、「我慢しろ、絶対に手を出すな！」と命じたが、彼らの荷物や人員の輸送に引き回されて、漁労班に帰れたのは夜であった。班員全員を集めて、「お前らも口惜しかったろう。俺も口惜しかった。円匙《えんぴ》で奴らを叩き殺してやろうかと思ったが、我が部隊や日本軍に迷惑が掛かる。ここの彼らは少数だが、中国で降伏した我が軍の状況を考えてみよ。生きて帰るためには、何があっても耐えねばならぬ」と、声涙下る訓示をしたが、皆、男泣きに泣いた。

その後間もなく、我が軍から豪州軍に作業部隊が派遣されることになり、私はその通訳班長を命ぜられて、後ろ髪を引かれる思いで漁労班を去った。

(50) 豪軍上陸と強制重労働

降伏決定と共に、方面軍上層部とこの地域を担当する豪州軍との間に協定がなされ、九月の上旬になって、ようやく占領部隊が上陸してきた。最初に為されたのは、もちろん日本軍の武装解除であるが、豪州軍司令官は自ら為されていた整然たる兵器の提出と、降伏後も完全な秩序を保っている日本軍の状況に感服し、今村大将を賞賛したと聞いたが、万一この地が抗戦を続けた場合を考えれば、逆に恐怖を覚えたのではないかと思われる。

降伏により戦時捕虜とされた日本軍に対しては、豪州軍の命令で一万名程度の数個の大集団に分けられ、それぞれ地域を指定されて、収用キャンプの建設を命じられた。その周囲は厳重な鉄条網で囲まれ、何のことはない、自分で刑務所を作って、そこに入れられたようなものである。

同時に、豪州軍関係の作業に従事するため、日本軍から常時二個大隊の作業部隊を提供すべきことが命じられ、どういうわけか、その一個大隊の通訳班長に私が指名されたのである。豪州軍には日本語通訳はおらず、日本側から出せとのことだそうだ。高等学校は英語を主とところで、各人の知識は、それなりの知識はあり、読み書きはかなり出来るものの、英会話については専門にやったことはない。

幸いに私の下に付けられた兵の一名が東京外語大学の出身であったが、班長である以上、責任ある交渉はすべて私が立ち会い、判断せねばならず、通訳が間違えたでは……如何なる場合でも許されず……また一大事ともなる。重要な個所は一々字に書いて相手の確認を取るなど、神経の疲れることおびただしい。また普通の英会話でさえ自信がないのに、豪州英語は特に訛りが酷く、相手の言葉を理解するにはまったく難渋する。

作業の打ち合わせのために、初めて豪州軍のキャンプに行ったとき、指示された将校テントに入って行ったが、あいにくと誰もいない。天幕の壁に何枚かの豪州の新聞が張ってあるのを見て、ニュースに飢えているためもあり、急いで読んでいるうちに、豪州軍司令部の発表記事を見て驚いた。その内容は、「日本軍の今まで各地における残虐行為に対する報復として、国際法上の捕虜としての待遇を与えず、日本軍に対し一日十二時間の労働を課する」という趣旨のものである。

これは大変なことになった！　と連隊本部に帰ってから、仲間の将校たちに報告したが、この連中には「国際法上の捕虜の地位」なるものが理解できないようで、「捕虜としての待遇を与えない？……当たり前だ！　俺たちは自分で手を上げて降参した卑怯者じゃない。捕虜の待遇などは無用」と言うのが大方の認識であり、国際法上の捕虜の地位などは考えたこともないようで、当方としては唖然とせざるを得ない。豪州領土を侵略した日本軍に対するこのような処置は、当時の豪州国民からは、やんやの喝采を受けたかもしれないが、その是非についてはいまだに疑問とするところである。

日本軍の作業大隊が編成されて、いよいよ作業が開始され、豪軍司令部の発表どおりの酷い労働になった。作業は午前六時から午後六時までと定められたが、午前六時に開始するためには、作業部隊は五時頃に宿舎を出て六時前に指定された場所に集合せねばならない。休憩は午前十分、午後十分間のみ、昼食は三十分に限られる。

豪軍側は時間ごとに鐘を鳴らして強制し、休憩時間の十分などは腰を下ろしたら、またすぐに立たねばならぬ。文字どおりの十二時間労働で、南緯四度の酷熱の赤道直下では、日中立っているだけでも倒れかねない。豪州軍から食糧の補給があるわけではなく、昼食時に我々が現地自活の僅かな持参の芋を食べているそばで、豪州軍の分厚な牛肉がじゅうじゅうと焼けている匂いをかぐと、頭がクラクラとして本当に卒倒しかねない。

作業大隊は一週間ごとに次の新たな部隊と交代したが、長い間の食糧不足とマラリアで、元々体力が低下していたところへ、一週間のこの重労働が応えて、戻る時には作業隊の三分の一くらいが病人に変わってしまう有様であった。

(51) 素人通訳の苦労

素人通訳にとって、最初に言葉の壁にぶつかる。アイルランド訛りだとも言われるが、豪州ではAと言う字はすべて「アイ」と発音されるようだ。朝、指定された場所ごとに指定された作業人数を連れて行くと、相手の将校が「ホワッチャネイム（お前の名は）？」、「ファースト・レウテナント　サイトウ（斉藤中尉）、インタープリター（通訳だ）」。

ところが、相手のメモを見ると、「SATO」と書いてある。「それは違う、SAITOだと示しても、相手は怪訝な顔をして、「これで良いのだ」と譲らない。Aをアイと発音するためであるが、こちらは首を傾《かし》げてしまう。

軍需品倉庫に連れて行かれて、「湿気で軍用ランプが錆びたから、お前の兵隊たちにフライムを磨くように言ってくれ」と言われて、「それはフレイム（ランプの枠）のことだろう？」と辞書の発音記号を示したら、「どこにも訛りと言うものはあるものだ……」と答えたのがいたが、これは物分かりの良い方だろう。「ハウメニーダーィズ、ウイルユースターイヒヤー（何日いるのか）？」と聞かれたら、「アバウト、アイトダーィズ（約八日）」と答えねばならない。

先方の兵士の過半に、刺青があるのにも驚いたが、朝ベッドから起きてくるのを見ると、暑いせいか何も着ておらず、パンツも付けずにそのままズボンを穿《は》き、泳ぐ際には士官も素っ裸のままである。

作業の内容は、最初は道路や豪軍用の宿舎の建設とか、爆撃で破壊され荒廃したラバウル市街などの取り片付けであったが、次は日本軍からの押収兵器、弾薬などの処理である。我々がせっかく入念に手入れをして整然と海岸に並べた兵器類を、艀《はしけ》に積み込ませて湾外の沖合に出しどんどん投棄させる。これでは赤穂城の大石蔵之助の心境に立っての武器引き渡しも何もあったものではない。しかし、兵器類の中でも銅や青銅製品だけは貴重なのか、別に取り分けさせて梱包とし、豪州から来た輸送船に積み込ませる。

行った作業先が、前戦にいた部隊であるほど、残酷に馴れ、また敵愾心も強いのか、日本兵に対する取り扱いが酷い。ソフトの軍帽を斜めにかぶり、自動小銃を肩に掛けた監視兵が、輸送船への重い荷物を担いで、ふらつきながら前を通る日本兵の一人一人の尻を、「ヘイ！ジャップ、ハリアップ！」と、持っている杖で無差別に引っ叩き、げらげらと笑う。日本兵もかつてはこのようなことをしたのかも知れないが、戦には負けるものではないと痛感させられた。

二十名ほど出してやった或る作業班から、昼食時に兵が一名走ってきて、監視のニューギニア出身の兵に、「親類を日本兵に殺された恨みだ！」と、全員の水筒を取り上げられて朝から一滴の水も飲めず、炎天下、このままでは殺されてしまうと訴えてきた。驚いて相手の将校に掛け合って止めさせたが、日本兵の保護に駆け回るものの、とてもすべてには手が届かない。

もちろん豪州軍でも、兵站部隊《へいたん》などでは、戦闘経験のない年配の民間人的な兵士が多く、そこへ行くと作業隊も楽である。私を呼ぶにも、士官に対するSirをつけてくれたり、親切な言葉があったりたりすると、心からホッとする。

兵站部隊で、或る中年の軍医と仲良くなった。外科医で軍隊に入り軍曹だったが、理知的で穏やかな紳士で、話をするのが楽しかった。いろいろなことが話題にのぼり、当時まだあまり知られていなかった太古の恐竜の話までした覚えがある。しかし、理論や機械に弱い当時の私のような日本人としては、彼の科学的発想にはしばしば驚かされ、戸惑いさせられた。

最初、作業員を連れて海岸にある彼の部隊に行った時に、まず命じられたのが井戸掘りであったが、彼が出て来て、その上にしっかりした屋根を造れと言う。雨でも使えるためではなく、直射日光が水に当たるのが衛生上良くないとのこと、我々はそんなことは考えてもいなかった。

次にはRefrigerator（冷蔵庫）を造れと言われて目を白黒。彼の使う医薬品の保存などには良いのかもしれないが、ここでは氷などまったく手に入らないのに、どうするのだと言うと、「まずお前の大工に扉付きの木の箱を造らせ、その表面に二重に麻袋を張りつけろ。箱の上には、水を入れた乾パンのブリキ缶を置き、缶の底には多数の小銃弾の空薬夾を植え付け、そこを通じて布の上にチップ、チップと水を滴《したた》らせる」。つまり、暑さを利用した水の蒸発による冷却効果だ。感心するとともに、これが西洋人式物の考え方かと驚いてしまった。

彼の部隊は海岸の道路沿いにあり、通行車による砂埃が酷い。彼から部隊前の道路の両端に、椰子の丸太を横に一本ずつ、半分土から出した形で埋めてくれと言われた時も戸惑った。道路を横切って半分埋まった丸太があれば、通行車は嫌でもスピードを落として乗り越えねばならず、部隊の前に埃は立たぬが、交通障害もよいところ、これをしも合理的と言えるかどうか。

昨日までは憎み合った敵同志でも、慣れれば次第に親しくもなる。翌日の作業として、日本兵収容所の鉄条網外側の茂った草を刈れとのことになり、下見のため外側を廻っていたら、裏門で立哨中の豪州兵のところに出た。彼は手にした雑誌を読むのに夢中で、私が藪の中から急に出て来たのに驚き、本を放り投げて銃に手を掛けたが、私が通訳の腕章を示し、下見をしている旨を告げると、やっと安心した。立哨中に本を読むなど、日本軍だったら厳罰ものだ。

彼の本を拾って渡そうとしたが、表題に「Readers Digest」とある。「どういう本だ?」と聞いたら、色々な本の中から、評判になった記事を集めたものだと言うが、そんな形式の本はまだ日本では聞いたことがない。「読めるのか?」というから、「英語の本を読むのは好きだ」と答えたら、「そんなら、あげよう」と渡してくれた。良さそうな人だったが、隊へ帰ってから自分でも読み、また面白そうな小説や記事は翻訳して、将校室や兵隊さんの方へも廻してやったが、いずれも活字に飢えているため、引っ張りだこだった。

馴れるにしたがって、日本兵と豪州兵との間に物の交換が始まった。日本兵にとって、もっとも欲しいものは煙草である。煙草は、パパイアの葉を乾して喫《す》う状態で、日本軍にはほとんどなくなっていたし、また原住民との間の物々交換にも貨幣の代わりとなる。日本の紙幣や軍票は紙切れ同然で、誰も受け取ろうとしない。バナナ一房が煙草二、三本、腕時計が缶入り煙草十缶くらいと言う具合に、すべての物価がシガレットの本数や缶入り煙草の缶数で決定される。

豪軍兵士にとっては、軍用煙草の購入はきわめて廉価であるから、この間に日本兵の持っていた腕時計や金ペンの万年筆が、どれほど豪軍側に流れたかは想像に難くない。しかし、収容所の日本兵にとって、豪州兵と直接に接触することが難しいために、夜になると我々通訳のところに頼みにくる。豪兵との間にこんな取り引きをするのは嫌ではあるが、煙草に困り切っているのは判っているし、何度か仲介をしてやった。

ただ豪州兵の中にも、時には癖の悪い奴もいる。一度、頼まれた時計を持って夜、入口で歩哨に立っている豪州兵のところに行った。あたりに人はおらず、煙草と交換する気はないかと尋ねると、出してみろと言うので渡したところ、良い時計と見て、自分のポケットに放り込むとプイと横を向いてしまった。

「交換する気がないなら返してくれ」と言うと、いきなり銃口を向けて低い声で、「消え失せろ！」と威嚇し、私が下がらないと見ると、銃口を私の胸の上に押し付け、安全装置を外して引金に手をかけた。

私もいい加減、頭に来た。しかし、下手に腕など振り上げると、捕虜が豪軍に暴力を振るったなどの口実を与えかねず、銃口を当てがわれたままの胸で、じりじりと押し返し、「俺は通訳をしている。お前たちの将校にも毎日会い、彼らは私のことも良く知っている。それを理由もなく、ここで射殺してみろ。一大事になるぞ！」

彼は睨みつけながらも怯《ひる》んで、「こんな馬鹿時計、持ってけ！」と、時計を私の掌に叩き返してきた。無事に取り返しはしたものの、まことに後味が悪い。勝者の奢《おご》りと敗者の屈辱……。戦争というものは、穏やかな人間の関係をこんなふうにも変えるものか。

このような状態で三ヵ月近くも通訳を続けたが、作業部隊には交代があっても、通訳の私には交代がなく、早朝から夜に及ぶ過労の連続に、またまたマラリアで高熱を発して倒れてしまい、原隊への復帰となった。マラリア患者の病室に、一人用の蚊帳を吊ってもらい、回復するまで長い期間寝ていたが、なにしろ一日中寝ているので、夜になると目が冴えてしまう。周りの兵隊さん方も同様なので、昔、私自身が本で読んだ話をしてやることにした。

割合に記憶の良い方なので、まずフランスのデュマの「巌窟王」から細かく話し始めた。患者の兵隊さん方は周りに枕を集めてきて、一心に聞いており、途中でうっかり寝込んでしまった者が聞きそびれて、後で口惜しがっている。「巌窟王」が終わると、また次の物語。お色気のあるものでは、明治の泉鏡花の「高野の聖《ひじり》」などを語った覚えがある。

しかし、夜の病室の深閑とした中で、私が一人ぶつぶつと喋っているのを聞いて、軍医はマラリアで私の頭が変になったのかと思ったらしい。

(52)　さらばラバウルよ

豪州軍によるラバウル周辺の占領が一段落するにしたがって、日本軍に対する戦犯の摘発が始まった。まず市街の中央近くに厳重な鉄条網に囲まれた戦犯収容所が造られた。周囲を自家発電の電燈で、夜でも煌々と照らしていたため、中に入れられた者への哀れみも含めて、日本兵の間では「光部隊」と呼ばれた。

　まず槍玉に上がったのが戦時中の捕虜を管轄していた憲兵隊関係で、元の米・豪兵やインド・中国兵捕虜たちの摘発で、ほとんど大半が検挙され、続いて元捕虜たちをラバウルで主として使っていた糧秣や被服などの我が兵站部隊の関係者たちが、これらの者が口裏を合わせることによって光部隊に送られ、大した裁判や抗弁の余地もなく、続々と処刑された。捕虜を名誉とする欧米と、もっとも卑怯者とする日本軍との差もあろうが、我々には戦争が終わった後の哀れな犠牲者としか思えない。

　連隊が所属する第十七師団司令部から、体操の講習をするから各隊適当な将校を参加させるようにとの指示があった。適当なとは、柔剣道の有段者ということで、兵器を失った今、個人の自衛のために、兵に至るまで内密に唐手を普及させよという裏の意味があり、一つには降伏日本兵の内部的な士気維持のためかもしれない。私も一応マラリアから回復し、柔道の有段者でもあったため、本部からの参加を命じられた。

　当日、師団司令部に行き、一週間の泊まり込み講習になった。講師はスパイ学校で有名な陸軍中野学校出身のK大尉で、剣道五段、柔道三段とかの猛者である。私も柔道で簡単な唐手は知っていたが、本格的な稽古は初めてである。

　毎朝起きるとまず、朝飯前に縄を巻いた太い丸太を相手に、両方の拳で数十回の打ち込みの練習である。二、三日もすると、手の皮が剝けて来てイヤ痛いこと。日中は型の教示から技の練習、最後には二人ずつ組み合っての実技の「乱取り」。講習では疲れるものの、それ以外には用事はなく、友達も出来て結構楽しい。

四日目の晩であったか、夕食後に有志は教官の天幕に集まってくれとのことで、何事かと出て行った。中央に蠟燭が一本燈《とも》っており、教官を中心に丸く座った。一同集まったのを見て、K大尉が微笑みながらも重々しく切り出した。

「貴公たち、この敗戦をどう思うか？　神国のこの屈辱を、私たちだけでも晴らさねばならぬ」。要するに、内地に帰ってからでは米・英の監視の目が厳しくなるから、ここにいる間に秘密結社を血盟し、具体的方法を協議しようではないかということである。

大いに驚いた。何度も戦塵をかぶって死に損ない、ようやく生き延びたと思ったら、これはまた何ということか。完敗した以上、今さらじたばたしたって仕様があるまい。長い間の戦争と飢えと病気に疲れ、卑怯かもしれないが、もし故郷に帰れればこの後は平和に暮らしたい。その後にも会合の呼び出しがあったが、私は口実を設けて行かなかった。

講習の最後の日には、師団長の面前で御前試合となった。順番が来て、相手は京都の武道専門学校出身の剣道五段だったが、幸いに私の突きが有効とされて勝つことができた。周りから盛んに「師団長がんばれ！」の声援がかかるので、何の事かと思ったら、私の顔が十七師団長に似ていたらしい。

実技の練習では、もちろん相手の顔や体の前で拳を止めるべきであるが、何しろ素人同志の猛練習のため手が滑って殴ったり殴られたり、帰る際にはかなりの者が布で手を吊ったり、友達の肩に縋《すが》ったりで惨澹たる有様である。

長い間の収容所生活では、豪州軍の作業に出される場合は別として、マラリアで寝ているか、現地自活の藷・野菜作りの農耕くらいしか仕事がなく、いずれも無聊《ぶりょう》に苦しむ。したがって隊の中では演芸が流行して、歌や素人芝居が頻繁に行なわれ、各隊長も人心収攬上、積極的にこれを奨励した。何しろ邦人の女性が一人もいない世界であるから、俄か作りの綺麗な着物にお白粉を付けた女形が舞台に立つと、満場割れんばかりの喝采である。隊内では男色も相当流行《はや》ったようだ。

降伏した当時のラバウルでは、日本兵はこの後、豪州あたりに連れて行かれて、少なくとも四年くらいは重労働をさせられるとの噂がもっぱらであった。しかし、我々が思ったよりも早く翌二十一年早々に、まずソロモン、ニューギニア方面に悲惨な状態で残存していた日本軍の内地帰還が開始された。続いて三月頃から我々の方面にも復員船が来るとの知らせがあり、隊内は歓喜で渦巻いたが、待ちに待った復員命令が我々の隊に来たのは三月二十日頃であった。

昭和21年4月，敗戦の故国に帰る

日本の内地は敗戦で荒れ果て、物資が非常に不足しているから持てるものはなるべく持ち帰れとのことで、皆、軍用毛布で大きなリュックサックを作って衣類や日用品を詰め込めるだけ詰め込む。宿舎を空けてトラックに乗り、乗船場所に指定されたラバウルの北岬まで運ばれて、そこで迎えの船が来るまで待つこととなった。

船が来るまで毎日退屈で、軍医のところに遊びに行ったら、ちょうど熱帯潰瘍の手術をしているところだった。敗戦の内地では医者の治療もろくに受けられないだろうと、治療の希望者続出であると言う。ぐじゃぐじゃになった患部をメスで掻き回しているのを見ていたら、悲惨な光景は日常見慣れていたはずなのに、こちらの気分が悪くなってしまった。

いよいよ輸送船が到着して、艀の乗場まで行き、そこで豪州軍の荷物検査がある。名目は隠した武器などの検査だが、周りを取り囲んだ豪州兵たちが目ぼしい物を見つけると、片端から手を出す。一種の略奪である。片腕に日本兵から取った腕時計を、二個も三個も嵌《は》めている奴もおり、浅ましい限りである。私の腰にあったグルメット（鎖の刀緒）や青色の正刀帯にまで手を掛けて来たから、引き抜いて投げ与えてやった。この時になって何を失おうと、体ひとつだけでも郷里に帰れれば良いのだ。

夕方近くに船上で夕食が出たが、僅かに飯盒の蓋一杯の粥だけで、その後もそれが二、三回続いた。復員兵の食糧は優遇するとの話を聞いているが、これはどういうことかと船員に聞いたら、この船が前回ニューギニアに復員兵の収容に行った時、初めから炊いた飯を与えたところ、食べ慣れないために死者が多く出たので、これはむしろあんた方のためであると言う。

だが、その後も食事は不足がちで、とうてい定量とは思えず、船員のところへ軍用の靴下などを持って行くと、適当に飯など分けてくれるが、飢《ひも》じいために乗船の時に渡された乾パンの値が船内で急騰した。敗戦になると人の心も荒むのか、何とも割り切れない思いである。

その日の暮れ頃になって、我々の乗った輸送船は、汽笛と共に海岸を離れた。見慣れた姉山などのラバウルの山影がくっきりと夕空の中に浮かび、次第に小さくなって行く。市街は山に隠れて見えず、乗船場の宿舎付近に僅かの燈影が見えるだけであるが、舷側に掴まったまま凝然として眺める。

惨苦のうちに戦いの三年間を過ごした熱帯の地……。そこでどれだけ多くの戦友たちが惨めに死んだことか。ソロモンやニューギニアの山や海に埋もれた白骨たちが、骨を鳴らして立ち上がるようだ……。「お前たちだけが帰るのか……なぜ俺たちを連れていかぬのだ？」。耳を覆っても覆っても鳴り響く。「なぜお前たちだけが帰るのだ……」。いつまでも叫びは消えない。

後　記

動乱の世界の沸き立つ雲に否応なく巻き込まれ、戦塵に塗《まみ》れながら幾度か危機に遭遇し、多くの人の死を見た。平和な民間人が想像もしなかった戦争という時代の乱雲に押し流されて、自己の運命もわからず異境の地に運ばれて悲惨な死を遂げる。

文中に書いた酷寒のモスコーからの敗退に死んだフランス兵士も、酷熱、瘴癘《しょうれい》の地で故郷を思いながら斃《たお》れた日本兵士も、その心情には変わりはない。国のため民族のためにとのみ一途に信じて、何も疑わずに死んで行った当時の純粋な若者たちの心を思うと、今でも気の毒で涙が流れる。生きていれば、彼らも楽しい家庭に包まれ、平和な人生を送っていたであろうに。

筆者は戦地から復員後、若干の療養期間を経て旧職場の銀行に復帰したが、その後も悪性マラリアに悩まされて、その病気が切れたのは戦後十三年を経てからであった。この小著は、当初その銀行の退職者機関紙に掲載されたものであるが、その廃刊後も細々と原稿を継続し、十年を経て最近漸《ようや》く脱稿を見たものである。
戦後五十余年の歳月はすべてを押し流し、あの苛烈をきわめた戦場も歴史の一頁と化し、今や犠牲となった人たちの心情を思いやる人もなくなった。この小著がせめて悲運に斃れた同僚たちの鎮魂の碑文となり得るならば、望外の幸いとするところである。

八十三翁　睦　馬

悪戦のジャングルに埋もれき我がむくろ
八十路を越えて　吠えて死ななむ

激闘 ラバウル防空隊——雲流る・元陸軍中尉の回想

2001年8月15日 第1刷発行

著 者 斎 藤 睦 馬

発行人 浜 正 史

発行所 株式会社 元就《げんしゅう》出版社
〒171-0022 東京都豊島区南池袋4-20-9
サンロードビル301
電話 03-3986-7736 FAX 03-3987-2580
振替 00120-3-31078

装 幀 純 谷 祥 一

印刷所 東洋経済印刷株式会社

※乱丁本・落丁本はお取り替えいたします。

ISBN4-906631-70-3 C0095